Das Hausmädchen

Amma Darko

Das Hausmädchen

Das Hausmädchen
Im Überfluß
Zwei fast unglaubliche Geschichten aus Ghana

Schmetterling Verlag

Die Deutsche Bibliothek – CIP-Einheitsaufnahme

Darko, Amma:
Das Hausmädchen: zwei fast unglaubliche Geschichten aus Ghana /
Amma Darko. [Übertr. aus dem engl. Orig-MS von Anita Jörges Djafari]. –
2. Aufl. – Stuttgart: Schmetterling-Verl., 2001
ISBN 3-89657-121-4

Schmetterling Verlag
GbR Jörg Hunger und Paul Sandner
Lindenspürstr. 38b
70176 Stuttgart
www.schmetterling-verlag.de
Schmetterling Verlag ist Mitglied von aLiVe

Übertragen aus dem englischen Originalmanuskript von
Anita Jörges-Djafari
Titelgestaltung mit einer Zeichnung von Ewa Tyndel

www.amma-darko.de

ISBN 3-89657-121-4
2. Auflage 2001
Printed in Germany

Satz und Reproduktionen: Schmetterling Verlag und Text GmbH, Stuttgart
Druck: GuS-Druck GmbH, Stuttgart
Binden: IDUPA, Owen

Im Überfluß

Von Amma Darko

Prolog

In einem privaten Sonntagsblatt stand es unter der Schlagzeile *Madam Buroniwawu nimmt eine zweite Frau für ihren Gatten* auf der Titelseite...

Drei Monate zuvor hatte Madam Buroniwawu, eine wohlhabende, tatkräftige und äußerst populäre Großhändlerin für Second-Hand-Kleidung aus Europa und den Vereinigten Staaten, bei einem Autounfall eine Querschnittslähmung erlitten. Die vordem äußerst lebenslustige Frau sah sich plötzlich an den Rollstuhl gefesselt. Außerstande, das bis dahin erfüllte Sexualleben mit ihrem Ehemann fortzuführen, wählte sie eine hübsche junge entfernte Verwandte aus und verheiratete diese mit ihrem Gatten.

«Gehört sich das?» schimpfte eine Klatschtante. «Sie ist angeblich für alle Kosten aufgekommen. Tickt die noch richtig? Wo heutzutage doch Frauen mit Zähnen und Klauen versuchen, Zweitfrauen aus ihren Ehen fernzuhalten.»

Ihre Freundin sah das nüchterner: «Was sie tat, hat sie für sich getan. Ihr Mann hätte sich sowieso woanders Sex gesucht, und das höchstwahrscheinlich bei einer Fremden, die ihr vielleicht Probleme bereitet hätte. Jetzt hat sie selbst ihm die Frau für die ehelichen Pflichten ausgesucht, denen sie selbst nicht mehr nachkommen kann. So hat sie möglichen Problemen entgegengewirkt, und auf diese Weise hofft sie, die beiden und ihre Familie im Griff zu behalten.»

I

Die Welt ist doch ein einziger beschissener, einsamer, stinkender Ort, nicht geschaffen für Typen wie mich, dachte der junge Mann unablässig. Unter dem enormen Gewicht der Sackladung Getreide auf dem Kopf schwankte er hin und her. Dann sah er auf und bemerkte gerade noch rechtzeitig, daß er offenbar nicht der einzige war, der im Krieg mit der Seele lag. Mit der Frau, die ihm geistesabwesend entgegengetrottet kam, drohte ihm im nächsten Moment ein genickbrecherischer Zusammenstoß. Sie war in Gedanken überall, bloß nicht auf dieser Erde, auf die sie gerade ihre Füße setzte.

«Gott sei Dank gibt es Leute, die noch schlimmer dran sind als ich», dachte er. Er versuchte auszuweichen. Doch die Ladung auf seinem Kopf war gewaltig. Und die Frau mit dem vermutlich ebenso gewaltigen Problem steuerte immer noch auf einen Zusammenprall zu.

«Paß doch auf, verdammt noch mal, wo du hinläufst!» wollte er schon schreien. Statt dessen streckte er eine Hand aus und hielt die Frau auf, unsanft zwar, aber erfolgreich.

«Was soll das, verflucht!» brüllte er. «Hat deine Mutter dir nicht beigebracht, wie man sich auf einem überfüllten Marktplatz fortbewegt?»

Zwei verwirrte Augen sahen ihn an. Er wartete auf irgendeine Reaktion, eine Entschuldigung vielleicht. Aber es kam nichts. Das ärgerte den Mann.

«Frau! Was soll das? Hat ein unverschämter Kunde gerade mehrere Nummern mit dir geschoben und sich geweigert zu bezahlen?»

Drei stämmige schwitzende Männer, die gerade Zuckerrohr von einer Karre abluden, brachen in lautes, gemeines Gelächter aus.

«Du denkst wohl, du gehst am Strand spazieren?» schrie ein anderer Mann.

«Laß mich doch endlich vorbei», schäumte der junge Mann und war heilfroh, daß die Sackladung Getreide sich nach wie vor sicher auf seinem Kopf befand.

Das riß Leila aus ihrer Lethargie. Sie machte hastig Platz. «Warum muß ich mich so beleidigen lassen?» dachte sie. Sie hörte den jungen Mann weiter toben. «Diese ganze verdammte Ladung bringt mir gerade mal 2000 Cedis. Und dann kommst du und belästigst mich mit deinen Problemen! Dumme Kuh! Blöde Hure!»

Sie sah die drei bulligen Kerle, die sich immer noch über sie lustig machten, und begriff, daß es das beste wäre, so schnell wie möglich zu verschwinden. Sie nahm den Weg zur Westseite des Marktes und ging gemessenen Schrittes und mit erhöhter Aufmerksamkeit zum Stand ihrer Busenfreundin Asor.

Am Stand Nummer 505 auf dem Zentralmarkt von *Accra*, wo Asor Kinderkleidung verkaufte, ging es laut und lärmend zu, wie immer zu dieser Tageszeit. Die hatte sich zu einer regelrechten Klatsch- und Tratschstunde entwickelt. Wenn Asors Freundinnen, viele von ihnen ehemalige Schulkameradinnen und die meisten von ihnen, so wie Leila, jetzt Angestellte im öffentlichen Dienst, in ihrer Mittagspause bei ihr vorbeischauten, um ein bißchen zu klatschen und zu streiten, ging es meistens um ihr Lieblingsthema: die Männer. Asor bemerkte einmal treffend: «Wir sind ganz besessen von ihnen. Von Männern ganz allgemein, von unseren Ehemänner im besonderen. Wir sprechen kaum über uns selbst.» Die Klatschstunde war reine Frauensache. Das war keineswegs so beabsichtigt gewesen. Es hatte sich mit der Zeit so entwickelt. Da an diesem Stand Kinderkleidung verkauft wurde, kam sowieso nur eine Handvoll Männer vorbei. Und wenn sich tatsächlich einmal einer sehen ließ, weckte das, was ihm dort zu Ohren kam, nicht das geringste Bedürfnis, an diesen Ort zurückzukehren. Die Beleidigungen, mit denen Asor und ihre Freundinnen die Männer überhäuften, ließen jeden Mann, der zufällig etwas davon mitbekam, zusammenzucken und bei seiner Mutter, war sie tot oder lebendig, nachfragen, was die Männer den Frauen bloß angetan haben mochten.

Leila erreichte den Stand, als gerade Ama Serwa, eine Bankangestellte, in rachsüchtiger Großzügigkeit ihren werten Ehemann für diesen Nachmittag als Opfer zur Verfügung stellte. Der befand sich bereits am Pranger des Klatsches, begleitet von ausgelassener Schadenfreude, vorbereitet für die sozusagen totale Geißelung. Und Serwa hatte wirklich verdammt schlechte Laune.

«Frauen!» brüllte sie. «Ratet mal, was mein wabbelbäuchiger, wurmverseuchter Ehemann gestern zu mir gesagt hat!» Sofort hatte sie alle Aufmerksamkeit auf sich gezogen und verhinderte damit prüfende Blicke auf Leilas sorgenvolles Gesicht.

«Was, der mit seinem Hängebauch? Was wollte er denn?» höhnte Asor.

«Was der wollte? Nicht er. Ich glaube, die ganze Angelegenheit hätte mich nicht einmal so wahnsinnig aufgeregt, wenn es von ihm selbst gekommen wäre. Aber es kam von seiner Mutter.»

«Dieser Hexe?»

«Ja, der. Und hört euch nur einmal an, was sie mir ausrichten ließ. Daß... Jesus!» Sie schüttelte den Kopf, als könne sie es noch immer nicht glauben. «Hört euch das an, Frauen. Sie hat gesagt, daß es sie nach Buschfleischsuppe gelüstet!»

«Aaaah!!!» Ein Chor der Verärgerung erfüllte den Stand.

«Und hat er auch genau gesagt, was für eine Suppe sie wollte? Eine einfache? Eine mit Erdnüssen? Palmnüssen?»

«Nein!» Serwa spuckte aus vor Verachtung. Sie machte eine kleine Pause, damit alle es sich auf der Zunge zergehen lassen konnten. Es wurde hitzig, und das hatte nichts mit dem Wetter zu tun.

«Was für eine Unverschämtheit!» Asor geriet richtig in Rage.

«Nicht wahr, Sister?» lamentierte Serwa. «Ihre erwachsene Tochter lebt bei ihr. Aber was kümmert das meinen Mann? Seine Mutter sagt es ihm, und er nimmt seinen ganzen Mut zusammen, um direkt nach Hause zu kommen und es mir zu...»

«Er hat es dir befohlen?»

«Du wirst es nicht glauben, Asor. Er hat mir tatsächlich befohlen, am Sonntag diese Suppe für seine Mutter zu kochen.»

«Ach, ach, ach, großer Gott da oben im Himmel», sandte Lady Vet vom tierärztlichen Dienst ein Stoßgebet gen Himmel. «Bitte schicke uns Frauen in Ghana doch mal ganz schnell mit DHL zehn Millionen Tonnen Nachsicht herunter.» Und an Ama Serwa gewandt fügte sie hinzu: «Wenn seiner Mutter nach Buschfleischsuppe zumute ist, soll er sie doch in die Forget-your-wife-Imbißbude neben der Bahnhofstoilette schicken.»

Die Erwähnung der Imbißbude erinnerte Leila an ihr Unglück. Bis dahin hatten sie das Gelächter und die fröhlichen Schimpftiraden von ihrem Problem abgelenkt. Aber jetzt war es wieder da. Und auch als der ganze Stand vor Lachen bebte, blieb ihr Gesichtsausdruck düster. Das fiel allerdings niemandem auf. Ama Serwa hatte alle Aufmerksamkeit auf sich gezogen. Leila folgte einem Impuls und tastete nach dem Brief in ihrer Tasche, ließ ihn aber stecken. Es war nicht der richtige Zeitpunkt. Nicht mit der ganzen Bande hier. Und außerdem, sie wollte ihnen die Party nicht verderben. Sollte Serwas Mann noch ein bißchen am Pranger des Klatsches stehen.

«Was ich ihm eigentlich sagen wollte, als er mir diese zehn Tonnen Blödsinn erzählte, aber nicht sagen konnte, weil, ja, Frauen, der Kerl doch schließlich mein Ehemann ist...» Brüllendes Gelächter schlug Serwa entgegen. «Also, ich wollte ihm sagen, daß er mit diesem dicken, buschigen Bart sowieso genau wie ein Buschmann aussieht...» Sie wurde wieder unterbrochen von wildem Gelächter. «...und die Tiere im Busch ihn höchstens mit einem verwechseln, aber keineswegs vor Angst davonlaufen würden. Also müßte es ihm doch ein leichtes sein, eines davon zu jagen.» Ausgelassenes Gejohle. «Er könnte dann heimkommen, es räuchern, die verdammte Suppe kochen und sie dieser Hexe von Mutter bringen, damit sie sie bei sich zu Hause ißt!» Sie erntete so überschäumenden Jubel, daß etliche Passanten stehenblieben.

«Okay», warf Asor ein, die Fröhlichkeit war etwas abgeebbt. «Nachdem du also so kläglich versagt und es nicht geschafft hast, ihm zu sagen, was du gerade uns gesagt hast, was hast du ihm dann gesagt?»

Serwa wog bedächtig den Kopf, machte ein Gesicht wie ein verschämtes sechsjähriges Mädchen und seufzte: «Frauen! Ihr werdet es nicht glauben!»

«Sag schon!» drängte Asor.

«Hmm. Ich setzte das schönste und breiteste meiner Ich-liebe-Dich-bis-auf-den-Tod-Lächeln auf, blickte ihn liebevoll an, meine Augen glänzten wie die eines gehorsamen Hundes, und schnurrte in beschämter Demut ‹Aber nichts lieber als das, mein Süßer.› Könnt ihr das glauben?»

«Das hast du gesagt?» kreischte eine.

«Wirklich?» schrie eine andere.

«Du verdammte Lügnerin!» gellte die dritte.

Alle krümmten sich vor nicht enden wollendem Gelächter, sie hielten sich die Bäuche, stießen sich gegenseitig in die Seite und wischten sich schließlich die Tränen ab.

Asor hatte sich als erste wieder beruhigt.

«Sag bloß», entfuhr es ihr laut, und sie wischte sich noch ein paar Tränen ab. «Glaubt ihr eigentlich, daß sie eine Ahnung haben, wie wir hinter ihren Rücken über sie herziehen?»

«Heiliger Jesus! Ey ey ey! Bei Moses! Nein!» kreischte Serwa auf. «Jesus, wenn mein lieber Mann auch nur die leiseste Ahnung hätte, ich sage euch, der müßte vor Schreck kotzen. Als erstes. Danach würde er in Ohnmacht fallen. Wenn er sich erholt hätte, würde er mich mit einem Lächeln auf dem Gesicht umbringen und sich von meinem Leichnam scheiden lassen.»

«Der alte Narr hat so viel Vertrauen in dich?» japste Lady Vet, sie war vor lauter Lachen ganz außer Atem.

Und Serwa, die sich noch immer den Bauch hielt, der ihr schon fast weh tat, gluckste: «Das hat er, Frauen. Das hat er.»

Plötzlich fiel ihnen auf, daß Leila mit ihren Gedanken ganz woanders war. Sie hatte noch kein einziges Wort gesagt. Und gelacht hatte sie schon gar nicht.

«Stimmt etwas nicht?» wollte Serwa wissen. Leila antwortete nicht.

«Geht's um Koomson?» beharrte Lady Vet.

Leilas beharrliches Schweigen ließ bei Asor keinen Zweifel. «Was sonst könnte Leila so bekümmern?» erklärte sie. Also zog Leila die Aufmerksamkeit der anderen auf sich, die die Chance auf eine weitere köstliche Geißelung witterten.

«Leila, sag schon. Vertrau uns», redete ihr Serwa zu. «Wenn es um ihn geht, laß es raus. Glaub mir, wenn wir erst mal fertig sind mit ihm, dann bist du wieder auf Wolke sieben. Wenn wir Angst haben, es ihnen ins Gesicht zu sagen, weil wir Schmerzen im Herzen haben und nicht wissen, wie wir damit umgehen sollen, ist das die beste Medizin gegen die Kopfschmerzen, die sie uns bereiten. Spuck's aus und laß uns loslegen.»

Aber Leila lächelte nur gequält. Alle waren still.

«Das muß etwas Ernstes sein», äußerte sich Lotterie-Lady schließlich.

«Oder etwas sehr Intimes», fügte Serwa hinzu.

Leila lächelte noch immer gequält.

Die Frauen tauschten ratlose Blicke.

«Sieht so aus, als sei das nur für Asors Ohren bestimmt, was?» gab Lady Vet nach.

Alle Augen waren jetzt auf Leila gerichtet, in der Hoffnung, sie würde widersprechen. Aber sie tat es nicht.

«Bedeutet Schweigen nicht Zustimmung?» stimmte Serwa ein, darauf bedacht, das Eis zu brechen und die etwas unbehagliche Situation zu retten. Schließlich setzte sie hinzu: «Frauen, sie wartet sicherlich darauf, daß wir gehen.» Asor lachte verlegen, das alles war ihr unangenehm. Irgendwie hatte Leila ihnen doch die Party verdorben, und da die sich außerdem sie, Asor, als Vertraute ausgesucht hatte, wurde sie das Gefühl nicht los, mitzuhelfen, allen den Spaß zu verderben. Unbehagen trat an die Stelle von Fröhlichkeit.

«Zeit zu gehen», verkündete Lotterie-Lady trocken. Sie bat Asor, ihr zwei gestreifte Gummihöschen zu geben. «Was sollen die kosten?»

«Eine kostet dreitausend. Aber du kriegst die zwei für fünftausend», bestimmte Asor und packte die Höschen ein. Lotterie-Lady bedankte sich und verkündete, daß sie mit dem Wagen ihres Mannes da war und zurück ins Büro fuhr. «Kann ich irgend jemanden mitnehmen?»

«Ich komme mit», rief Serwa.

«Ach, wolltest du nicht noch Okra und Auberginen kaufen?» fragte Asor.

«Die hole ich am Ausgang», antwortete Serwa. «Ich weiß, daß sie dort ein bißchen teurer sind, aber so eine Mitfahrgelegenheit darf ich mir nicht entgehen lassen, an so einem heißen Nachmittag. Und wenn ich dazu noch die Gelegenheit habe, von dieser schlimmen Hure hier», dabei zeigte sie auf Lotterie-Lady, «zu erfahren, welche Tricks sie letzte Nacht bei ihrem Alten angewandt hat.»

«Wieso?» fragte Lady Vet neugierig.

«Das fragst du mich? Hast du jemals gesehen, daß mein Mann mir sein Auto überlassen hat? Der heult schon auf, wenn ich nur den Kofferraum anfasse.»

«Und das nur, weil deine Vorstellungen im Bett ein bißchen phantasielos sind?»

«Kommt, laßt uns nicht wieder von vorn anfangen», bat Lotterie-Lady. «Leila wartet darauf, daß wir verschwinden, denkt daran. Und überhaupt, ich habe keinerlei Tricks angewandt.»

«Ach, nein?»

«Das würde ich mich gar nicht trauen. Der alte Gnom keucht schon nach einem Mal wie ein Bulle. Frauen, sehe ich etwa so aus, als wäre ich scharf darauf, Witwe zu werden?»

Erneut ließ ein Riesengelächter Asors Stand erbeben.

«Bis morgen, Asor», übertönte Lotterie-Lady das Gefeixe und zog davon. Eine nach der anderen tat es ihr nach. Leila hatte endlich, was sie wollte. Sie war mit Asor allein.

«Okay, also, worum geht es?» fragte Asor.

Leila wollte etwas sagen, aber schon erstickten Tränen ihre Stimme. Dann brach sie zusammen.

«Leila, was ist denn? Was ist los?»

Leila zog den Brief aus der Tasche und reichte ihn Asor. Die runzelte die Stirn, faltete ihn hastig auseinander, überflog ihn, runzelte die Stirn noch mehr, als sie den Absender las. «Koomsons erste Frau?» Leila nickte schwach.

«Ärger?» fragte Asor. Der Brief war nicht adressiert und ohne Datum. Leila bat Asor, ihn zu Ende zu lesen:

Meine liebe Rivalin,

jetzt ist es fast vier Jahre her, seitdem du dich dazu entschieden hast, und zwar ohne Schuld- oder Schamgefühle, dafür aber mit herzloser Mißachtung, in meine bis dahin sehr intakte und liebevolle Ehe einzudringen. Doch wer bin ich, daß ich dich davon hätte abhalten können? Also bitte entschuldige, daß ich dir zu deinem erfolgreichen Einbruch nicht schon früher gratuliert habe, aber besser zu spät als nie. Also heiße ich dich hiermit herzlich willkommen.

Mein Ehemann... ach! Verzeih mir. Ich Arme. Immer noch ertappe ich mich manchmal dabei, wie ich vergesse, daß er gar nicht mehr mir allein gehört. Nachdem er dich zu seiner Zweitfrau gemacht hat, wenn auch durch die Hintertür, und mir versichert hat, daß du die letzte bleiben würdest. Daß ich mir keine Sorgen zu machen brauche, daß er uns eines Tages auch noch eine dritte Frau hinzufügen würde. Er sagte das in bester Absicht, er wollte mich beruhigen. Und er dachte, er hätte mich damit glücklich gemacht. Was er nicht wußte, war, daß genau das Gegenteil dieser Versicherung mein Herz erfreut hätte.

Seit deiner Invasion in meine Ehe, liebe Rivalin, habe ich gehofft und mich gefreut auf den Tag, an dem unser Ehemann seine dritte Frau ankündigt. Wie sonst, kleine Frau, könntest du denselben Schmerz und dieselbe Demütigung erleiden, wie ich sie erlitten habe, als du aus dem Nichts plötzlich zum Mittelpunkt seines Lebens wurdest, wie du grausam sein Herz gestohlen hast, seine Zuneigung zu mir und sogar sein Verlangen nach mir getötet hast, so daß er es nicht einmal mehr mit mir machen kann? Also, Ehemanndiebin, das eine will ich dir sagen: Was immer ich dafür tun kann, um Ehefrau Nummer drei Realität werden zu lassen, werde ich tun. Das kannst du mir glauben. Also, noch einmal, willkommen in meiner Ehe.
Madam Koomson. Sunyani

Asor atmete schwer, sie spürte eine Gänsehaut. «Sie haßt dich, Leila», murmelte sie nur. «Kennt Koomson den Brief schon?»

Leila schüttelte den Kopf. «Ich bin direkt zu dir geeilt.»

«Ist er mit der Post gekommen?»

Leila berichtete, daß ihn ein Mann zu ihrer Arbeitsstelle im Krankenhaus gebracht hatte. «Er sagte, er sei nach Accra gekommen, um Ersatzteile für seine Getreidemühle in Sunyani zu kaufen. Aber er hörte sich ziemlich gebildet an. Glaubst du, er weiß davon? Hat er den Brief vielleicht sogar für sie geschrieben? Denn so wie Koomson mir gesagt hat, spricht sie nur gebrochen Englisch. Das kann sie nicht selbst geschrieben haben.»

Asor seufzte. «Wie dem auch sei, geh und zeige den Brief sofort Koomson. Das ist schrecklich. Sie will mit diesem Brief Gift streuen.» Nach kurzem Nachdenken fragte sie: «Oder glaubst du, wir deuten da zu viel hinein?»

«Nein, das glaube ich nicht», erwiderte Leila nachdenklich. «So wie er geschrieben ist, ist das eindeutig. Ich frage mich nur, warum ausgerechnet jetzt?»

Für eine Weile verfielen beide ins Grübeln. Dann kam Asor der Gedanke, daß Koomson seine erste Frau vielleicht vor kurzem geärgert haben könnte. Aber Leila erwiderte: «Wenn sie sich über Koomson ärgert, was hat das mit mir zu tun?»

«Ach, Leila, vielleicht deuten wir doch zu viel hinein. Vielleicht ist es nur eine kleine Verstimmung, die sich mit der Zeit von ganz alleine gibt. Mach dir nicht so viel daraus.»

«Meinst du?»

«Ja, ich meine, ... nein!»

Leila verzog die Lippen zu einem milden Lächeln. «Kleine Verstimmung? Nach fast vier Jahren? Und bis jetzt hat sie solche Gefühle nicht gehabt?»

«Was glaubst du denn?» fragte Asor hilflos.

Leila dachte kurz nach und begann zögernd zu erzählen: «Na ja, es war letzte Woche, da hat Koomson mir etwas mitgeteilt, und ich habe das Gefühl, daß da eine Verbindung besteht.»

«Und welche?» fragte Asor ungeduldig.

«Er hat etwas von einer möglichen Versetzung angedeutet», gab Leila endlich preis.

«Wohin?»

«Nach *Takoradi*.»

Leila, die merkte, daß Asor noch immer keinen Zusammenhang erkannte, ergänzte: «Nach all den Jahren plötzlich das? Kurz vor einer erneuten Versetzung? Asor, hast du vergessen, wie ich dazu gekommen bin, Koomsons Zweitfrau zu werden?»

II

Das hatte Asor keineswegs vergessen.

Sie hatte es vorausgesehen. Alle hatten es vorausgesehen. Und sie hatten Leila gewarnt. Leilas Beziehung mit Koomson hatten alle ihre Freundinnen lange Zeit nur als eine erschlichene Affäre betrachtet zwischen einer alleinstehenden erwachsenen Frau und einem verheirateten Mann, der wegen einer Versetzung von seiner Familie getrennt lebte. Die Sache hatte ihnen nicht gefallen, aber sie akzeptierten sie. Eines Tages kam Leila zu Asors Stand und verkündete fröhlich, daß Koomson sie zu seiner Zweitfrau machen wollte. Zu ihrem Erstaunen sprachen alle offen aus, was sie davon hielten.

«Wir alle hier sind erste und einzige Frauen, außer Maku», erklärte Asor damals. «Würde es dir gefallen, wenn unsere Männer vorhätten, noch eine Frau dazu zu nehmen? Also, bitte verstehe uns recht, wenn wir sagen, daß wir nicht gut finden, was du Koomsons Frau antun willst.» Besonders Maku, die damals alleinstehend war, überhäufte Leila mit Vorwürfen. Leilas Männerbeziehungen begegnete sie ohnehin mit Mißtrauen, denn Agya, der Mann, mit dem Leila vor Koomson befreundet war, war ebenfalls verheiratet gewesen. Leila hatte jahrelang gehofft, daß er sich von seiner Frau scheiden lassen und sie heiraten würde. Er hatte es nicht getan. Maku konnte sich gut entsinnen, was die Polygamie bei ihrer Mutter angerichtet hatte, und konnte den großen Schmerz und die Demütigung verstehen, die diese zu ertragen hatte, als ihr Vater eine zweite Frau nahm. Und deshalb war sie diejenige, die Leilas Plänen am wenigsten Verständnis entgegenbrachte. Sie bezeichnete die Beziehung als gottlose Allianz. «Wenn man bedenkt, daß du eine gebildete Krankenschwester und er ein gebildeter Polizist ist», fügte sie noch hinzu.

«Du benutzt nur die Leiden deiner Mutter, um deine eigenen Ängste und Neidgefühle zu vertuschen», entgegnete ihr Leila.

Als sie das hörten, nahmen die Freundinnen Abstand von ihren Bemühungen, Leila von dieser Heirat abzuhalten. Asor riet ihr allerdings unter vier Augen, doch alles noch einmal gründlich zu überdenken, was Leila auch versprach. Eine Zeitlang war die Angelegenheit kein Thema mehr an Asors Stand. Eines Tages aber kam Ama Serwa im Büro ein Gerücht zu Ohren, und als sie den anderen davon erzählte, kamen alle darin überein, daß dieser Koomson ein sehr egoistischer Typ war. Es reichte nicht, Leila zu bitten, vorsichtig zu sein. Sie mußten sie warnen. Deshalb baten sie sie schließlich zu einer ernsthaften Unterredung.

«Soweit ich gehört habe», begann Serwa, «ernährt seine Frau die ganze Familie. Sie ist sehr fleißig, sehr geschäftstüchtig, sie betreibt in Sunyani eine gutgehende Imbißbarkette. Ihre Kinder besuchen eine der besten Privatschulen in Sunyani, sie ist diejenige, die das Schulgeld bezahlt. Mit Koomsons magerem Einkommen hätten sie sich das nicht leisten können. Jetzt versetz dich mal in ihre Lage. Stell dir vor, daß du dich umbringst für deine Familie, damit deine Kinder immer nur das beste von allem bekommen, nur damit dein Mann eines Morgens aufsteht und dir mitteilt, daß er sich eine zweite Frau nimmt.»

Das machte Leila so betroffen, daß sie antwortete: «Keine Sorge. Ich werde gar nicht erst abwarten, bis er kommt und mich fragt, wie ich mich entschieden habe. Ich gehe direkt nach der Arbeit zu ihm, buchstabiere ihm das Wort Nein ins Gesicht und erkläre ihm, was für ein egoistischer und undankbarer Ehemann er ist.»

Ihre Freundinnen waren erleichtert. Maku frohlockte. Der Polygamie schien ein schwerer Schlag versetzt worden zu sein und ihrer Mutter ein bißchen Trost gespendet. Wie alle anderen bewunderte sie jetzt Leila für ihre starke, unnachgiebige Haltung und ihr großes Einfühlungsvermögen.

Doch Koomson war ein verdammt gutaussehender Kerl. Und das war noch nicht alles. Was ihm an Bargeld fehlte, hatte sein Schöpfer in anderen Bereichen wettgemacht. Er besaß nicht nur eine gewisse Ausstrahlung, sondern, so hieß es allgemein, auch einen bemerkenswert großen Penis, dessen Gebrauch er so perfekt beherrschte, daß keine Frau, die jemals in dessen Genuß gekommen war, sich beschweren konnte. Ganz im Gegenteil. Sie lobten ihn in höchsten Tönen und hingen an ihm wie die Kletten.

Koomson wohnte in einem kleinen, spärlich möblierten Zimmer in den Polizeibaracken. Der Fußboden war mit orange-braun gemustertem Linoleum ausgelegt, es gab zwei einfache Armsessel, ein Sofa, eine kleine Kommode, auf der ein kleiner Schwarzweißfernseher stand, einen kleinen Radiorecorder, der die meiste Zeit nicht funktionierte, und dann, ja, dann war da noch das Bett. Es war beeindruckend groß, es nahm fast die Hälfte des gesamten Zimmers ein.

Unglücklicherweise lag Koomson gerade auf dem Sofa, als Leila zu ihm kam. Sie blinzelte und stellte fest, daß er nackt bis auf die Unterhose war. Sie schluckte. Gleichzeitig führte der Anblick Leilas zu heftigen Reaktionen in Koomsons Unterhosen. Direkt vor ihren Augen nahm sein bestes Stück einen verzweifelten Kampf um mehr Platz darin auf. Das nahm Leila so gefangen, daß sie wie angewurzelt dastand. Wortlos erhob sich Koomson, schlenderte zur Tür, schloß sie ab, trat auf Leila zu, öffnete den Reißverschluß ihres Kleids, zog ihr den Büstenhalter aus, führte sie sanft zum Bett, zog sie sachte an sich, legte den Kopf zwischen ihre Brüste und saugte an ihren Brustwarzen. Leila hatte noch kein einziges Wort gesagt. Sie hatte völlig vergessen, warum sie überhaupt gekommen war.

Koomson nahm sich Zeit, um sie in schwindelerregende Höhen zu befördern. Als er schließlich in sie eindrang, zuerst mit den Fingern, dann mit dem Penis, war Leila so entflammt, daß sie ihre Freundinnen und deren ganzes Geschwätz verfluchte und sich Koomson voll und ganz hingab. Ihre Schuldgefühle schickte sie zum Teufel.

Madam Koomson hatte immer Bescheid gewußt über die Eskapaden ihres Ehemanns. Sie selbst machte sich nichts mehr aus Sex. Sie war in Gedanken meist beim Geschäft oder bei den Kindern. Über seine Frauengeschichten regte sie sich nicht auf. Im Gegenteil, wenn sie ernsthaft darüber nachdachte, fühlte sie sich nahezu verpflichtet, diese zu tolerieren. Wenn sie ihn immer abwies oder nur halbherzig bei der Sache war, wie konnte sie ihm dann übelnehmen, wenn er sein Glück woanders suchte. Also stellte sie eine Regel auf: Es durfte nur *andere Frauen*, niemals *die andere Frau* geben! Oder anders ausgedrückt: er durfte nie zu lange mit einer bestimmten Frau zusammenbleiben. «Andere Frauen» hatten kein Gesicht, wurden nie zur Bedrohung.

Koomson hielt sich an diese Regel, bis ihm die junge, hübsche Miranda über den Weg lief. Und bevor er wußte, wie ihm geschah, war genau das eingetreten, was seine Frau befürchtet und versucht hatte zu verhindern. Er kam auf die Idee, Miranda zu heiraten, sie zu seiner zweiten Frau zu machen. Koomson sollte noch lange Zeit darauf den Verdacht hegen, es seiner lieben Gattin zu verdanken zu haben, daß es nicht dazu kam.

Bald erhielt er den Versetzungsbescheid von Sunyani nach Accra. Madam Koomson war sicher, ihrem Mann damit die entscheidende Lektion erteilt zu haben und daß er nie wieder versuchen würde, ihre Regel zu durchbrechen. Als Koomson verlangte, daß seine Frau wegen ihres Geschäfts und der schulpflichtigen Kinder in Sunyasi bleiben und ihn allein nach Accra ziehen lassen sollte, war sie ohne Wenn und Aber einverstanden. Koomson war darüber sehr erleichtert und scherzte sogar, daß er ihr nicht den Luxus erlauben würde, ihn zu vergessen, denn er würde jedes zweite Wochenende kommen, ob sie nun wolle oder nicht.

Koomson hielt Wort, in den ersten drei Monaten kam er regelmäßig zu Besuch. Sogar ihr Sexleben bekam etwas neuen Schwung. Madam Koomson machte es nach wie vor keinen großen Spaß, aber sie vermochte ihr Unbehagen so gut zu verbergen, daß Koomson gar nicht daran zweifeln konnte, daß es ihr auch gefiel. Dies führte zu weiteren positiven Veränderungen. Während sie sonst immer nur über die Kinder gesprochen hatten, redeten sie jetzt auch über andere Dinge. Sogar über Fußball. So kam es, daß sich zwischen ihnen folgendes Gespräch entspann.

«Nächsten Sonntag treffen *Hearts* und *Kotoko* aufeinander, weißt du. Accra wird beben, das sage ich dir», fing Koomson an.

«Wieso?» fragte seine Frau. «Das ist doch nicht die erste Begegnung dieser Mannschaften, oder?»

«Nein, aber die Leute tippen, daß Kotoko gewinnt, weißt du. Und wenn sie auswärts gegen Hearts gewinnen, kannst du dir vorstellen, was dann los ist...?»

«Aha, soll das heißen, daß Kotoko immer gewonnen hat, wenn sie in *Kumasi* gespielt haben, und Hearts, wenn sie in Accra aufeinander getroffen sind?»

«Bis jetzt, ja. Und wenn man die Wetten ernst nimmt, dann wird nächsten Sonntag in Accra Krieg ausbrechen, glaube mir.»

Madam Koomson entgegnete aufgeregt: «Also wenn das so ist, wenn ich in Accra wäre, dann würde ich auch ins Stadion gehen.»

«Um Gotteswillen», erwiderte Koomson, «glaubst du, das ist etwas für Leute mit schwachen Nerven? Wenn du wüßtest, wie ich bete, daß ich an diesem Tag keinen Dienst habe. Wie die Fans aufeinander losgehen werden nach dem Spiel, das weiß nur der liebe Gott. Da hilft nur noch beten.»

Aber seine Gebete wurden nicht erhört, denn er gehörte schließlich zu jenen Polizeibeamten, die im Stadion für Ordnung sorgen sollten. Eine Fügung des Schicksals, die ihn in einen Abgrund verwirrter Leidenschaft führen sollte.

Wie vorausgesagt, schlug Kotoko Hearts mit einem einzigen Tor. Ein Tor, was diesen einsamen Kotoko-Anhänger, der aus Versehen mitten in eine Gruppe von Hearts-Fans Platz genommen hatte, veranlaßte, seiner Freude ungehemmt Ausdruck zu verleihen. Dieser kleine Funken entzündete den Krawall, der Koomson und andere mit komplizierten Stichwunden ins Krankenhaus brachte. Daß seine Frau nicht vor Ort war und sich in dieser mißlichen Lage nicht um ihn kümmern konnte, deprimierte Koomson sehr.

«Du mußt herkommen und mich pflegen», schrieb er umgehend an seine Frau. Ihr Geschäft und der Schulbesuch der Kinder waren plötzlich nicht mehr so wichtig.

«Du egoistischer Kerl», dachte seine Frau in Gedanken und schrieb zurück: «Du willst, daß ich komme, aber wer soll sich um das Geschäft und die Kinder kümmern?»

Endlich wurde ein Kompromiß geschlossen. Da es nur noch wenige Tage bis zu den Schulferien der Kinder waren, wurde Madam Koosoms Cousine eingeladen. Sie konnte auf die Kinder und das Haus aufpassen und auch noch im Geschäft mit anfassen. Madam Koomson, so vereinbarte man weiter, würde in dauerndem Kontakt mit ihr stehen, und wenn es nötig sein sollte, würde sie auch kurz nach Sunyani kommen und nach dem Rechten sehen.

«Jetzt kann ich nur noch hoffen, daß er nicht ein ganzes Jahr braucht, um gesund zu werden», erklärte Madam Koomson naserümpfend ihrer Cousine. Alles schien bestens geregelt. Es blieben nur noch vier Tage bis zu den Schulferien.

Im Krankenhaus wurden neue Krankenschwestern eingestellt, die gleich auf Koomsons Station Dienst taten. Darunter befand sich Leila.

In dem Moment, als Koomson Leila erblickte: ihre vollen runden Brüste, deren Brustwarzen so vorwitzig durch die Uniform schienen, ihre Wespentaille und das volle und runde Hinterteil, fing er an zu träumen und unter seiner Bettdecke zu schwitzen vor verzweifelter Begierde. Das war neu für ihn. Amors Pfeil zeitigte einen telepathischen Bumerangeffekt, und auch Leila entwickelte ihm gegenüber merkwürdige Pflichtgefühle. Dann ging alles ganz schnell. Er wurde ihr Lieblingspatient, sie fütterte ihn, richtete seine Medikamente, las ihm vor, und, ganz wichtig, sie kümmerte sich um seine Körperpflege. Es funkte zwischen ihnen so heftig, daß Koomson ohne Rücksicht auf irgendwelche Konsequenzen die Arrangements mit seiner Frau stoppte und diese anwies, daheim zu bleiben, da ihre Anwesenheit nicht länger vonnöten sei.

«Wieso, geht es dir plötzlich besser?» wollte Madam Koomson am Telefon wissen. Koomson hielt eine schnelle Antwort parat.

«Weil du erst nicht kommen wolltest, habe ich eine sympathische Krankenschwester kennengelernt, die mir etwas mehr Zeit gewidmet hat. Sie hat sich sehr um mich gekümmert und beteuert auch, daß es ihr noch nicht zuviel geworden ist. Also, warum solltest du extra dein Geschäft im Stich lassen und die Kinder vernachlässigen, wenn es jetzt nicht mehr absolut notwendig ist?» Madam Koomson brauchte niemand zu erklären, daß irgend etwas nicht stimmte. Koomson schien sie indirekt zu beschuldigen, daß sie ihr Geschäft und die Schule der Kinder wichtiger nahm als ihn. Mit einem Lächeln schien er ihr klarmachen zu wollen, daß sie die Konsequenzen einfach so hinnehmen müßte. Aber wo stände die Familie ohne ihr Geschäft? Was war falsch daran, die Zukunft ihrer Kinder vor seinen Wunsch nach Umsorgtsein zu stellen?

«In Ordnung», lenkte sie ein. «Bitte richte dieser freundlichen Krankenschwester schöne Grüße und verbindlichen Dank von mir aus.» Sie legte auf.

«Sie hat mir gerade grünes Licht gegeben», dachte Koomson. Also, auf geht's! Und so setzte sich Leilas Pflege bald auch in anderen Bereichen fort. Es fing damit an, daß sie nach seinem Appartement sah, für ihn kochte und seine Kleider wusch. Als er entlassen wurde, nahm Leila ihren Jahresurlaub, damit sie ganz für ihn dasein konnte. Schließlich traf Koomson eine Entscheidung: «Warum sollten wir uns weiterhin was vormachen? Warum sollen wir noch mehr Zeit verschwenden?»

Es war reine Agonie gewesen im Krankenhaus, immer wenn Leila ihn berührt hatte, um ihn zu waschen oder ihm aufzuhelfen. Er hatte gar nicht mit den Fingern in ihr Höschen zu rutschen brauchen, um zu wissen, daß auch sie bereit war. Und was ihn anging, mein Gott! Es war manchmal so peinlich gewesen. Wie hätte er es verbergen können? Das war eben einer der Vorteile, die der liebe Gott den Frauen mitgegeben hatte.

Eines Tages, es war die erste Woche nach seiner Entlassung, er lag auf dem Rücken, nackt bis auf die Unterhosen, während sich Leila über ihn beugte und pflichtbewußt seine Wunden verband, fuhr er plötzlich und unvermittelt mit der Hand in ihr Kleid. Leila protestierte nicht. Sie atmete heftig. Er fühlte sich ermutigt und fand schnell heraus, daß sie es sich offenbar noch mehr wünschte als er selbst.

Leila mußte an Agya denken. Mit ihm war Sex einfach und konventionell, alles andere alles aufregend. Nur weil sie hoffte, bald seine Frau zu werden, hielt sie es aus. Weil diese Hoffnung ohnehin zu schwinden drohte, fragte sie sich, warum sie an ihm festhielt. Koomson gab ihr zu verstehen, daß sie ihn von seinen Unterhosen befreien sollte. Sie gehorchte eifrig. Allein der Anblick seiner enormen Erektion erregte sie von Kopf bis Fuß. Er zog sie über sich. Es war himmlisch. Die ganze Nacht probierten sie alles aus, in allen möglichen Stellungen, auf jede erdenkliche Weise. Gleich am nächsten Morgen machte Koomson ihr den Antrag. Leila fühlte sich zwar geschmeichelt, lachte aber anfangs nur darüber.

Aber Koomson gab auch in den folgenden Wochen keine Ruhe. Leila begriff schließlich, daß er es ernst meinte, und erzählte es aufgeregt ihren Freundinnen auf dem Markt. Und weil bis dahin keine an ihrer Affäre mit Koomson offen Anstoß genommen hatte, war es ihr nie in den Sinn gekommen, daß sie ihr so vehement von der Heirat abraten würden.

Nun ja, ihr groß angekündigter Versuch, mit Koomson Schluß zu machen, war wohl gescheitert. Daher hatte Leila ein schlechtes Gewissen und mied den Stand am Markt, weil sie den Freundinnen nicht mehr begegnen wollte.

«Glaubst du, sie hat es doch nicht geschafft?» wunderte sich Serwa.

«Ich glaube, daß sie Schluß gemacht hat, und es geht ihr jetzt schlecht, weil sie unter der Trennung leidet», antwortete Asor. «Daß die beiden wirklich voneinander hingerissen waren, können wir nicht abstreiten, oder?»

«Dann glaube ich, kommt sie wegen mir nicht mehr», sagte Serwa traurig.

«Weil du ihr das von seiner Frau erzählt hast? Das ist doch Unsinn.»

Doch eines Tages tauchte Leila plötzlich am Stand auf.

«Wo bist du die ganzen Wochen gewesen?» fragte Asor. «Wir haben uns schon Sorgen gemacht.»

«Ich habe mich ziemlich mies gefühlt», offenbarte Leila. «Deswegen mußte ich eine ganze Reihe von Untersuchungen im Krankenhaus machen lassen.»

«Wegen Malaria?»

«Ursprünglich dachte der Doktor, es wäre Typhus. Erst nachdem alle Bluttests negativ ausfielen, machte er den Urintest.» Und kichernd fügte sie hinzu: «Hm, und jetzt könnt ihr euch denken, welcher Schicksalsschlag mich getroffen hat.»

«Du bist schwanger?»

Leila nickte und machte ein Gesicht, als wäre sie ernsthaft bekümmert, während sie innerlich herzlich lachen mußte.

Am Nachmittag informierte Asor die anderen. Niemand sprach es aus, aber alle wußten, daß es nun sinnlos geworden war, Leila davon zu überzeugen, mit Koomson Schluß zu machen.

«Pech für Sie, Madam Koomson!» murmelte Maku düster.

Es war, als ob sie alle zusammen erklären würden: «Akte geschlossen. Fall erledigt.»

III

Nicht nur ihre Freundinnen mißbilligten die Heirat von Koomson und Leila. Auch seine Familie machte deutlich, daß sie sich nicht mitschuldig machen wollten an dem unfairen Verhalten gegenüber Madam Koomson. Sie wußten, was diese Frau leistete, und sie dachten dabei nicht zuletzt an die Pakete mit Essen und Kleidern und das Bargeld, was der ganzen Familie alljährlich von Madam Koomson zuteil wurde.

«Wenn du die Seele einer so guten und großzügigen Person beleidigst, so daß sie gegen dich einen Fluch ausstößt, mein Sohn, glaube mir, dann wird er auch eingelöst», warnte sein Onkel.

Aber Koomson ließ sich nicht beirren.

«Ich habe beschlossen, dich zu meiner zweiten Frau zu machen, und ich schwöre dir, ich werde es tun», versicherte er Leila. «Meine Frau kann niemals ihr Geschäft aufgeben und Sunyani verlassen. Sie braucht ihre Imbißbars, und sie wird für immer dort bleiben. Ich aber werde von Zeit zu Zeit in irgendeine gottverlassene Ecke dieses Landes versetzt. Und wer weiß, wieviele brisante Situationen wie die im Stadion von Accra noch auf mich zukommen? Wenn es nur um das sexuelle Vergnügen ginge, mein Gott, ich kann überall willige Frauen finden. Dafür brauche ich keine zweite Ehefrau. Aber wenn ich wieder im Krankenhaus liege, – und das müßte auch meine Familie einsehen – dann brauche ich eine Frau, die sich ständig um mich kümmert, wenn meine erste Frau keine Zeit hat.»

Leila fühlte sich geschmeichelt, weil Koomson trotz aller Widerstände darauf bestand, sie zu heiraten. Aber wenn seine Familie nichts damit zu tun haben wollte, wer sollte bei ihrer Familie die notwendigen Rituale vollziehen?

Koomson lächelte nur, streichelte sanft ihre Brüste und erklärte mit schelmischem Grinsen: «Wozu hat man Freunde?»

«Freunde?» murmelte Asor ungläubig.

«Du läßt ihn Freunde zu deiner Familie schicken, um die Heiratsrituale zu vollziehen?» konstatierte Lady Vet.

«Das ist nicht in Ordnung, Leila», fing Asor wieder an. «Freunde können die Familie begleiten, aber sie vollziehen nicht die Rituale. Das ist absolut falsch und äußerst respektlos. Es ist eine regelrechte Gemeinheit, weil eine Heirat nicht nur die Angelegenheit dieses einen Paares ist, sondern die der ganzen Familie. Wie willst du so etwas durch Freunde ersetzen?»

«Immerhin bin ich schwanger», betonte Leila. «Es ist immer noch besser, mit Hilfe von Freunden zu heiraten, als überhaupt nicht.»

Mit Leilas Einverständnis suchte Koomson ein paar Freunde auf und bat sie, ihn zu seiner Familie zu begleiten. Doch selbst die waren zunächst sehr vorsichtig.

«Was sagt deine Frau dazu?» fragte einer.

«Nichts», antwortete Koomson.

«Nichts?»

«Sie weiß noch gar nichts davon», mußte er zugeben, worauf sich Unruhe breitmachte.

«Was ist, wenn sie erfährt, wer dir bei der Eheschließung geholfen hat?» wollte ein anderer Freund wissen. «Sie wird uns den Kopf abreißen, weißt du.» Aber Koomson ließ nicht locker. «Schaut doch nur, was passiert ist. Was wäre aus mir geworden, wenn Leila nicht gewesen wäre. Und was ist, wenn ich formell alles richtig mache und es meiner Frau sage? Dann macht Leila plötzlich mit mir Schluß, aus heiterem Himmel, so wie damals Miranda. Wie ich euch schon immer gesagt habe, ich weiß nicht genau, was meine Frau genau gemacht hat, aber ich bin nach wie vor überzeugt, daß sie ihre Hände im Spiel hatte. Bitte, helft mir. Außerdem, macht euch keine Sorgen», versicherte er noch. «Später werde ich einen Kompromißvorschlag machen, um sie zu entschädigen. Also noch einmal, bitte, im Namen unseres ungeborenen Kindes, helft uns und tut es für mich.»

Und damit ebnete er den Weg für Madam Koomson Nummer zwei.

Madam Koomson Nummer eins lebte unterdessen in Sunyani zufrieden mit sich und der Welt, dem lieben Gott dankbar für die gutgehenden Geschäfte und die gesunden Kinder. Dann erhielt sie die Nachricht von der zweiten Heirat ihres Mannes und war geschockt, verletzt und verstört. Sie machte sich sofort auf den Weg zu ihrer Familie in Offinso. Gott allein weiß, wie viele von Koomsons Eskapaden ihr zu Ohren gekommen waren, über die sie nicht einmal nachgedacht hatte. Es war ihr auch immer egal gewesen, wer sie waren oder wie viele es waren. Für sie blieben sie bedauernswerte, gesichtslose Nutten. Und jetzt wollte er eine von ihnen zu seiner Frau machen? Sie mit ihr gleichsetzen? Nein! Das durfte sie jetzt nicht auf die leichte Schulter nehmen.

Auf das Familienoberhaupt wirkte die Nachricht ebenso niederschmetternd. Wie konnte Koomson seiner Tochter und überhaupt der ganzen Familie eine derartige Mißachtung entgegenbringen? Er jammerte: «Oh, Götter des Landes, laßt mich morgen früh aufwachen und feststellen, daß das alles nur ein böser Traum ist!» Aber es war natürlich kein böser Traum. Also sprach er diplomatisch: «Es ist besser, die Wahrheit aus berufenem Munde zu hören.» Er sandte eine vierköpfige Delegation nach Accra.

Koomson zeigte sich abweisend. Er bot den Weitgereisten weder einen Platz zum Sitzen an noch reichte er ihnen das allgemein übliche Glas Wasser. Statt dessen wurde er ausfällig. «Was geht euch das alles an, ihr langmäuligen Eindringlinge!» Und bevor noch einer von ihnen antworten konnte, schimpfte er weiter: «Das ist eine Angelegenheit zwischen mir und meiner Frau. Und ihr braucht eure dämlichen Nasen da überhaupt nicht rein zu stecken. Ich warne euch, verschwendet eure Zeit nicht damit und haltet eure Nilpferdmäuler da heraus.»

Unglücklicherweise hatte einer der Delegierten zufällig wirklich dicke, wulstige Lippen, die außerdem nur mühsam ein ziemlich schadhaftes und kreuz- und querstehendes Gebiß verdeckten. Dieser Mann nahm die Beleidigung persönlich und rang nach Atem. «Hippomaul?» Er war fassungslos. War das Koomson? Der gleiche Koomson, der vor einigen Jahren so demütig auf ihn zugekommen war, voller Liebe und Zuneigung für seine damals frische und jungfräuliche Nichte, um seine Dankbarkeit und Anerkennung auszudrücken für... wie sagte er damals noch gleich?... «für die Ehre, daß man mir erlaubt, sie zur Ehefrau zu nehmen!» Und dieser gleiche Koomson bezeichnete ihn jetzt als Hippomaul?

«Brüder!» stotterte der Gekränkte. «Laßt uns gehen!»

Einer nach dem anderen verließ den Raum, ohne Koomson eines weiteren Blickes zu würdigen.

Da Koomson wußte, was er angerichtet hatte, ließ er sich gleich am nächsten Wochenende unerwartet in Sunyani blicken. Er hatte Leila klarmachen können, daß es an der Zeit war, seine Frau persönlich mit der Nachricht zu konfrontieren. Seine Frau empfing ihn so kühl, daß er später einem Freund gestand: «Sie war so bitter und kalt, daß ich eine Gänsehaut gekriegt habe.»

«Kann ich bitte mit dir allein sprechen», bat er seine Frau, als er diesen eisigen Blick nicht mehr länger ertragen konnte. Sobald er die Tür geschlossen hatte, fiel er zur Verwirrung seiner Frau auf dramatische Weise auf die Knie.

«Ich bin Opfer meiner eigenen Schwäche geworden und habe mit ihr gesündigt», fing er an. «Unglücklicherweise ist etwas passiert, was ich mir in meinen kühnsten Träumen nicht ausgemalt habe. Die abscheuliche Närrin ist schwanger geworden. Ich bat sie, das Kind abzutreiben. Ich habe sie sogar angefleht. Aber sie lehnte das ab und hat stattdessen ihren Vater informiert. Was alles noch schlimmer für mich machte. Ihr Vater ist ein *Chief*. Und der Alte hat mir vielleicht gedroht! Ey!»

Hier machte er eine Pause, doch er wartete vergeblich auf eine Antwort. Seine Frau musterte ihn nur mit finsterem, kaltem Blick. Noch nie hatte Koomson sich so unbehaglich gefühlt. Er nahm den Faden wieder auf. «Ihr Vater pflegt weitreichende Verbindungen. Der hat sich absolut autoritär aufgeführt. Er zitierte mich zu sich und versprach, mir das Leben zur Hölle zu machen, wenn ich nicht auf der Stelle die Schande, die ich über die königliche Familie gebracht hätte, wiedergutmachen und seine Tochter heiraten würde. Mir blieb keine Wahl.»

Erneut legte er eine Pause ein. Aber seine Frau sagte noch immer nichts. Koomson mußte sich sehr zusammenreißen, um seiner Stimme Festigkeit zu verleihen: «Ich weiß, ich hätte dich erst um Erlaubnis bitten müssen», fuhr er fort. «Aber ich hatte Angst davor. Wer hätte keine Angst gehabt? Nach allem, was du für unsere Familie tust, wie hätte ich dir dabei ins Gesicht sehen können? Sogar meiner eigenen Familie konnte ich es nicht gestehen. Ich habe es nicht gewagt, sie in so einen schrecklichen Fehltritt reinzuziehen. In solchen einen Dreck. Einige meiner Freunde, die mitbekommen haben, was ich durchgemacht habe und in welchem

Dilemma ich steckte, sind mit mir gegangen, um die Hochzeitsrituale durchzuführen. Deshalb bin ich hergekommen, um dir zu sagen, wie sehr ich mich selbst hasse für das, was ich dir angetan habe. Ich möchte mich entschuldigen und dich bitten, sie als Frau Nummer Zwei zu akzeptieren. Bitte! Und ich will dafür alles tun, was du von mir verlangst. Bitte.» Die Reue- und Zerknirschungs-Show war beendet.

Madam Koomson lächelte, wohl wissend, daß ihr Ehemann log. Der Getreidemühlenbesitzer, der den Brief zu Leila gebracht hatte, war ein entlassener Polizeibeamter, der sich von Zigarettenhehlern hatte bestechen lassen. Jetzt machte er alles Mögliche, um zu überleben. Bald schon erkannte er eine Marktlücke im Schnüfflergewerbe, die danach schrie, gefüllt zu werden: mißtrauische Ehefrauen, auf der Suche nach Informationen über ihre Ehemänner und deren Konkubinen. Er übernahm gern diese Aufgabe und machte sich überhaupt nichts daraus, daß Klatsch und Tratsch eigentlich weibliche Domänen waren. Madam Koomson beauftragte ihn, als ihr das Gerücht von Koomson und Leila zu Ohren gekommen war. Während also die Delegation ihrer Familie gedemütigt zurückgekehrt war, erfuhr sie von dem Ex-Polizisten alles, was sie über Leila wissen wollte. Folglich wußte sie bereits, daß Leilas Vater keineswegs Chief und ganz sicher auch keine einflußreiche Person war, sondern irgendein pensionierter Ladenbesitzer.

«Das ist ja alles merkwürdig», dachte sie. Sie verriet Koomson nichts von dem, was sie wußte. Dieses Schweigen deutete Koomson als Vergebung, was ihn dazu veranlaßte, seine Hand auf die Brust zu legen und zu schwören, daß es niemals eine dritte Frau in dieser Ehe geben würde. Als Madam Koomson sich daraufhin ein bitteres Lächeln abrang, deutete Koomson das als Zeichen der Dankbarkeit für dieses Versprechen. Er beschloß, sie in der kommenden Nacht dafür ordentlich zu belohnen. Aber zu seinem größten Entsetzen und zur Beschämung seiner Frau wollte es ihm nicht gelingen.

«Das spielt sich alles im Kopf ab», dachte er verzweifelt. «Alles, was ich tun muß, ist meine Augen fest zu schließen und mir vorzustellen, daß es Leila ist.» Es funktionierte, aber nur bis zu dem Moment, in dem er seine Frau berührte. Als er ihren Körper fühlte, der im Gegensatz zu Leilas müde, verbraucht und schlaff war, holte ihn die Realität ein und alles kollabierte. Was für ein Desaster! In hoffnungsloser Verzweiflung rieb er seinen erschlafften Penis an Madam Koomsons fetten Schenkeln. Das Resultat war noch immer gleich Null. Er ergriff ihre Hand und brachte sie dazu, seinen Schwanz zu massieren. Aber was nicht sein soll, kann nicht sein, denn der berühmte Stengel lag immer noch trotz aller Anstrengungen erschlafft auf der Seite, schlapp, schwach, geschlagen. Madam Koomson fühlte sich zutiefst verletzt. Aber sie gab sich tapfer und tat, was jede vernünftige Frau in einer solchen Situation tun würde.

«Kojo Koomson», redete sie ihm gut zu und nahm ihren ganzen Mut zusammen. «Hör doch auf, dich so anzustrengen. Du brauchst deine Vitalität für deine junge Frau. Überhaupt, habe ich nicht meinen Anteil schon gehabt? In manchen Nächten fünfmal, ganz am Anfang, als wir frisch verheiratet waren. Weißt du noch? Was soll ich mich also beschweren? Und jetzt in meinem Alter sollte ich mich eigentlich daran gewöhnen, ohne das auszukommen, oder?» Sie schob ihn sanft zur Seite. Doch der sarkastische Unterton war Koomson nicht entgangen.

«So darfst du nicht reden!» protestierte er inständig. Aber er dachte auch, daß es keinen Sinn hatte, ihr etwas vorzumachen. Am Sonntagmorgen trat er die Rückreise nach Accra an.

«Ist alles in Ordnung?» fragte Leila besorgt.

«Ja. Alles in bester Ordnung», schwindelte Koomson. «Sie freut sich sogar darauf, deine Bekanntschaft zu machen.»

Leila war beruhigt. Aber es kam anders. Nie nahm Koomson sie mit nach Sunyani. Madam Koomson kam nie nach Accra, um sie kennenzulernen. Als ihr Sohn Dan geboren wurde, gab Koomson sein Zimmer in den Baracken auf und zog zu Leila, denn ihre Zweizimmerwohnung war im Vergleich bequemer. Mit der Zeit wurden Koomsons Besuche in Sunyani seltener. Allen war klar, daß er wohl ohnehin nur wegen der Kinder fuhr.

«Gratuliere, Leila!» bemerkte Maku vorwurfsvoll. «Du hast gewonnen. Du hast es geschafft, ihn seiner ersten Frau auszuspannen.»

Daß ihre Freundinnen die Sache nicht guthießen, war nicht das einzige, was Leila Sorgen machte. Wenn alles in bester Ordnung war, warum lud Madam Koomson sie nicht einmal nach Sunyani ein, um sie kennenzulernen? Wie kam es, daß niemand aus Koomsons Familie zur Taufe ihres Sohnes erschienen war? Warum weigerte sich Koomson stets, sie ohne Madam Koomsons ausdrückliche Einladung nach Sunyani mitzunehmen? Und verdammt, sie wünschte sich für Dan, daß er seine Halbgeschwister kennenlernte. War wirklich alles in bester Ordnung? Irgend etwas sagte ihr, daß das ganz und gar nicht der Fall war. Sie hatte eine andere Frau verletzt und gedemütigt, und nichts war in Ordnung. Aber auch gar nichts.

IV

Leila hatte gerade Frühschicht, als der Ex-Polizist Madam Koomsons Brief überbrachte. Sie verließ das Krankenhaus, um Rat bei Asor zu suchen. Eigentlich wollte sie auch gar nicht mehr zurückkehren. Da die Schicht aber noch nicht zu Ende war, log sie ihre Kolleginnen an, sie müsse wegen einer dringenden Familienangelegenheit sofort nach Hause. Nun, vielleicht war es genau genommen auch gar nicht gelogen. Deswegen nahm sie auch Asors Rat an und eilte sofort zu Koomson. Bis zu seinem Feierabend um fünf Uhr zu warten, hätte bedeutet, einen Herzanfall zu riskieren.

Koomson sah Leila kommen. Er blickte gerade aus dem Fenster des Büros, das er mit fünf Kollegen teilte. Er stand auf und ging ihr entgegen. Leila suchte ihn nur in dringenden Ausnahmefällen im Büro auf. Er vermutete, daß irgend etwas mit Dan passiert war. Er konnte sich nicht vorstellen, was sonst noch so wichtig hätte sein können. Leila drückte ihm den Brief in die Hand und zischte: «Von deiner Frau!» Koomson fragte leicht belustigt: «Von dir?».

Leila fauchte ihn an: «Schreibe ich etwa einen Brief an mich selbst?», und seine gute Laune war plötzlich wie weggefegt. Er nahm ihren Arm und führte sie in ein leeres Büro. Leila blieb in der Tür stehen und weigerte sich, auch nur einen Schritt weiter zu gehen. Sie blieb mit der Schulter gegen den Türrahmen gelehnt stehen, während Koomson gegen die Tischkante gestützt den Brief öffnete und las.

«Wer hat das für sie geschrieben?» wollte er ungläubig wissen. Er las den Brief noch einmal und fragte: «Wie bist du daran gekommen?»

Zuerst wirkte er ein bißchen beunruhigt, aber nachdem er alles kurz auf sich hatte einwirken lassen, zuckte er mit den Schultern, lachte in sich hinein, zerknüllte den Brief, formte ihn zu einem kleinen Ball und murmelte: «Baaaskeeet!» Schwungvoll landete der Brief im Papierkorb.

«In den Papierkorb damit? Das ist alles? Das ist alles, was dir dazu einfällt?» schnaubte Leila.

«Nein», antwortete Koomson gelassen.

«Also, dann?»

«Also was?»

«Du willst nichts deswegen unternehmen?»

«Was zum Beispiel?»

«Zum Beispiel... mit ihr reden, sie warnen vor weiteren verrückten Briefen an mich, oder... »

«Oder was?»

In Leilas Kopf drehte sich alles.

«Ich kann das nicht glauben! Das! Alles! Was bildest du dir eigentlich ein? Wie kannst du mir so kommen?»

Koomson schien ungerührt. Was hätte er auch tun können? Wovor sollte er seine erste Frau warnen? Madam Koomson würde nur fragen, ob er auch Leila davor gewarnt hatte, wie sehr ihr Eindringen in die Ehe sie verärgert hatte. Was zum Teufel konnte er also tun?

«Weißt du», wandte er sich an Leila, «mich ärgert das genauso, aber was soll ich machen? Du sagst, ich soll sie warnen, daß sie nicht noch einmal solches Zeug an dich schreibt. Und ich frage dich, kannst du mir sagen, mit was ich ihr drohen soll?»

Leila war sprachlos. Koomson gab den Schwarzen Peter an sie zurück. Aber sollte sie ihm vielleicht vorschlagen, ihr mit der Scheidung zu drohen? Sie holte den Brief aus dem Papierkorb und verließ wortlos den Raum, ohne sich noch einmal umzudrehen.

«Was nun?» fragte sie sich. Am liebsten wäre sie gleich wieder zurück zu Asors Stand geeilt, um ihr Herz auszuschütten. Aber Maku hatte gerade Urlaub und verbrachte jeden Nachmittag dort. Sie war die letzte, die etwas davon erfahren sollte. Sie stellte sich vor, wie Maku lächelnd das Victory-Zeichen formte und schrie: «Habe ich es dir nicht gesagt?»

Leila lief ein Schauder über den Rücken. Tatsächlich hatte Maku ihr den Krieg erklärt. Oft hatte sie sie angegriffen: «Er kann nie ganz dein sein!» Eines Tages aber trieb sie Leila richtig in die Enge, indem sie mit einem Papier in der Hand an Asors Stand auftauchte, von dem alle anfänglich glaubten, es handele sich um ihren Einkaufszettel.

«Hey! Frauen! Ruhe! Alle mal zuhören!» schrie sie und las vor:

«Polygamie ist der Brauch oder die Praxis, eine oder mehrere Frauen gleichzeitig zu haben», sie zog eine Grimasse und stöhnte. «Und jetzt hört zu, Frauen...»

Mittlerweile waren alle ein bißchen verlegen geworden, weil Leila auch anwesend war und ganz still und aschfahl da stand. Niemand wußte genau, wie man auf Maku reagieren sollte.

«Hier heißt es, daß viele alte... hm... Frauen, habt ihr das alle gehört? Daß es in vielen alten Kulturen Polygamie gab. Also! Leila!»

Am Stand blieb es mucksmäuschenstill.

«Und was sagt dir das?»

Man hätte eine Stecknadel fallen hören können.

«Leila!»

«Was?» sagte Leila kurz angebunden.

«Ich sagte, was gibt dir das...»

«Nichts!»

«Es gibt dir nichts zu denken?»

«Maku», Leila war den Tränen nahe. «Was willst du von mir hören?»

«Daß du zugibst, daß du primitiv bist, weil du Polygamie zuläßt.»

«Es heißt doch alte Kulturen, nicht primitive», gab Leila zurück. «Was soll das, Maku? Warum beißt du dich an mir fest? Ich habe nie gesagt, daß ich mich deswegen wie im siebten Himmel fühle, oder? Aber ich habe mich in den Mann verliebt und ein Kind mit ihm. Was hätte ich denn tun sollen?»

«Nichts!» Maku spuckte aus.

«Du gehst zu weit, Maku», mahnte Asor schließlich.

Das entfachte Leilas Kampfgeist. «Deine Schwester Asabea, die landet dauernd bei den falschen Typen. Findest du nicht, daß du deine Aufmerksamkeit lieber ihr widmen solltest?»

Selbst Asor fand, daß es darum jetzt nicht ging.

Doch noch bevor sie dazu Stellung nehmen konnte, sprach Maku ungerührt weiter. «Dann laß mich dir noch eine Frage stellen, Leila. Wirst du dich trauen, eine Schulter zu suchen, an der du dich ausweinen kannst, wenn Koomson jemals beschließen sollte, eine dritte Frau zu nehmen?»

Das war nun viele Jahre her, und soweit sie wußte, hatte Koomson bislang nicht beschlossen, eine dritte Frau zu nehmen. Aber seine erste Frau hatte deutlich gemacht, daß sie sich durchaus im siebten Himmel fühlen würde, wenn er es täte. Und das bereitete ihr Sorge, um so mehr, als sie das Problem nicht mit ihren Freundinnen zu besprechen wagte. Sie hatte Angst, sie würden sie verhöhnen. «Ja, damit mußt du jetzt alleine fertig werden. Haben wir dich nicht gewarnt?» Deswegen behielt sie ihren Kummer für sich, ging grübelnd zu Bett, wachte auf und brütete weiter, ging zur Arbeit und grübelte auch dort und dachte überhaupt jede Sekunde eines jeden Tages daran. Schließlich wurde es ein immer wiederkehrender Alptraum. Und eines Nachts träumte sie, daß es tatsächlich passiert wäre und sie Sturzbäche voller Tränen darüber vergoß. Als sie tränenüberströmt aufwachte, gestand sie sich ein, daß sie verrückt werden würde, sollte sie noch länger versuchen, alles mit sich alleine auszumachen. Sie hatte den Brief Asor gezeigt. Jetzt konnte sie doch nicht einfach zurückgehen und ihrer Freundin erzählen, daß Koomson einen Basketball aus dem Brief gemacht hatte? Das konnte sie doch nicht, oder? Es war sehr traurig, daß sie nicht auch den anderen den Brief zeigen konnte. Sie waren immer noch ihre Freundinnen, obwohl sie jetzt, mit Ausnahme von Asor, etwas vorsichtiger geworden waren mit dem, was sie über ihre Ehe sagten. Wenn sie also wollte, daß alles so würde wie früher, in der Zeit vor Koomson, sollte sie wenigstens den Versuch machen, auch die Freundinnen zu verstehen. Also beschloß sie, den Anfang zu machen und das Eis zu brechen, vor allem zwischen ihr und Maku. Sie brauchte ihre Freundinnen, das mußte sie sich eingestehen. Sie brauchte sie alle. Also machte sie sich auf den Weg zu Asabea, Makus Schwester.

Asabea trug gerade einer Kundin eine Haarpackung auf, als sie Leila auf den Friseursalon zukommen sah. Sie übergab die Arbeit einem Lehrmädchen und ging Leila entgegen.

«Du siehst ja entsetzlich aus!» Sie fand, daß Leila ungewöhnlich vernachlässigt wirkte.

Leila erwiderte: «Ich habe schlecht geträumt.»

«Von Koomson?»

«Von allem.»

«Du meinst, auch von dem Streit zwischen dir und meiner Schwester? Man kann nicht behaupten, daß sie die Sache auf sich beruhen läßt, oder? Komm, setz dich.» Sie ließ von dem Mädchen zwei Plastikstühle nach draußen bringen. Dann sagte Leila: «Ich habe das Gefühl, daß ich wegen dieser Angelegenheit noch alle meine Freundinnen verliere. Vor allem Maku. Aber sie hat mich wirklich in die Enge getrieben. Ich weiß nicht, ob sie dir erzählt hat...»

«Das ist egal.»

«Ich habe sogar Angst davor, zum Markt zu gehen. Ich meide sie. Du hast doch von dem Brief gehört, den meine Rivalin mir geschrieben hat, oder?»

Asabea nickte.

«Das hab ich mir gedacht», sagte Leila lächelnd. «Du wirst nicht glauben, wie Koomson reagiert hat.»

«Er hat sie strengstens verwarnt?»

«Sie verwarnt? Überhaupt nicht.»

«Und jetzt schämst du dich, weil sie nicht wissen sollen, daß er sich nicht einmal bemüht hat, dich, sagen wir mal, zu beschwichtigen, ganz abgesehen davon, daß er sie auch nicht verwarnen will.»

«Ja. Kannst du dir vorstellen, was deine Schwester dann macht? Sie lacht sich kaputt. Warum ist sie so sauer auf mich?»

Asabea kicherte. «Leila, sie ist doch nicht auf dich persönlich sauer, sondern auf das, worauf du dich eingelassen hast. Sie sagt immer, ein Mann, der sich eine zweite Frau nimmt, ist von Grund auf ein sehr egoistischer Mensch, der sich nicht scheut, auch eine dritte oder vierte oder fünfte Frau zu nehmen, so wie es ihm gerade in den Sinn kommt. Sie ist sehr sensibel, vielleicht ein bißchen zu sensibel. Das bin ich nicht. Ich bin nur doof, weil ich immer auf die falschen Typen reinfalle, wie du es schon ganz richtig zu Maku gesagt hat, jedenfalls hab ich das gehört.»

Leila lächelte schuldbewußt. «Tut mir leid.»

«Schon gut. Du hast ja recht. Vielleicht sind wir beide uns ähnlich. Mit Maku ist es etwas anderes, weißt du. Sie hat erlebt, was Polygamie bei unserer Mutter angerichtet hat. Und unsere Mutter hat ihr auch so viel erzählt. Ganz intimes Zeug. Sie war ihre Vertraute. Und weißt du was? Maku bekam eines Tages ein Gespräch unseres Vaters mit seinem Freund mit. Die beiden Ehefrauen dieses Freundes hatten sich schrecklich in die Haare gekriegt, seine erste Frau war im Krankenhaus gelandet und seine jüngere Frau für zwei Tage hinter Gittern. Und er kam zu unserem Vater, um ihn um Rat zu fragen, schließlich hatte er noch nie von einem Streit zwischen unserer Mutter und ihrer jungen Rivalin gehört.»

Leila lachte gequält.

«Und jetzt hör zu», fuhr Asabea fort, «unser Vater prahlte, daß es nur seinem Taktgefühl und diplomatischen Geschick zu verdanken war, daß zwischen seinen Frauen der Friede gewahrt blieb, daß die beiden sogar wie Schwestern zusammenlebten. Und Maku stürzte zu mir ins Zimmer, atemlos vor Zorn, und kündigte an, unserem Vater gleich mal die Meinung zu sagen.»

«Weswegen?»

«Wegen seiner Prahlerei. Ich dachte, sie mache Witze. Aber sie sagte ihm ins Gesicht, daß er keinen Grund habe, vor seinem Freund dermaßen anzugeben. Daß vielmehr unsere Mutter ein Lob verdient hätte, daß es nur ihrer Geduld und Toleranz, ihrer Langmut und ihrem Durchhaltevermögen zu verdanken sei, daß der sogenannte Friede gesichert war.»

«Und was hat dein Vater gemacht?»

«Hmm. Der Teufel war los. Was er eigentlich unserer Mutter angetan habe? Er behauptete, sie habe uns gegen ihn aufgehetzt.»

«Oh!»

«Ja. Verstehst du jetzt? Da war unsere Mutter, deren Herz ohnehin schon blutete, und sie mußte sich jetzt auch noch von ihm beschimpfen lassen, nur weil seine ganzen Gefühle jetzt der jüngeren Frau galten. Um ehrlich zu sein, es hängt viel von Koomsons erster Frau ab, Leila. Wenn sie bereit ist, viel zu ertragen und guten Willens ist, wird sie dich und Koomson in Ruhe lassen. Dann hätte sie akzeptiert, daß ihr Ehemann sie nicht mehr liebt. Und daß sie vielleicht den Kindern zuliebe mit dem Schmerz und der Demütigung leben kann. Denn seien wir doch mal ehrlich. Welcher Mann, der seine Frau liebt, sucht sich schon eine andere? Vielleicht leistet er sich hin und wieder einen Seitensprung. Weißt du, was unsere Großmutter immer gesagt hat? Sie sagte, es sei wie beim *Ashanti-*

Mann und seinem *Fufu*. Das ist sein Grundnahrungsmittel. Gelegentlich gelüstet es ihn nach etwas *Akpene* und Okraeintopf vom *Ewe*-Mann oder nach *Tuozafi* von den *Dagomba*. Aber das kommt eben nur gelegentlich vor. Die Liebe für sein Fufu bleibt bestehen. So ist es eben mit dem Seitensprung. Aber eine permanente Nummer Zwei? Und wie es aussieht, ist Madam Koomson nicht wie unsere Mutter. Das bedeutet nichts Gutes für dich. Sie scheint sich nicht einfach in ihr Schicksal zu fügen und sich demütigen zu lassen.»

«Ich habe doch Koomson nicht geheiratet, um seine Frau zu demütigen», entgegnete Leila kleinlaut.

«Ach, Leila», bemerkte Asabea lächelnd. «Aus welchem Grund auch immer du ihn geheiratet hast, am Ende hast du ihr Schmerz zugefügt.»

Leila wollte nichts mehr hören. Plötzlich wußte sie gar nicht mehr, weswegen sie eigentlich zu Asabea gekommen war.

«Ich muß noch zum Markt und ein paar Sachen einkaufen», log sie und beendete abrupt ihren Besuch.

«Geh doch an Asors Stand vorbei», bat Asabea. «Sie sind zwar nicht deiner Meinung, aber sie sind doch immer noch deine Freundinnen.»

Als Leila sich entfernt hatte, stiegen Asabea Tränen in die Augen. Der Streit heute morgen mit Maku wegen ihrer Affäre mit ihrem untreuen Freund Kent war schlimm genug gewesen. Aber das Gespräch mit Leila hatte ihr die Leiden ihrer Mutter in Erinnerung gerufen, so wie Maku sie beschrieben hatte, als Asabea alt genug war, um sie zu verstehen.

Zusehen zu müssen, wie ihr Ehemann eine junge, unverbrauchte und attraktive Zweitfrau in das eheliche Heim brachte, hatte sich auf das Selbstwertgefühl von Awonye, Makus und Asabeas Mutter, verheerend ausgewirkt. Aber ihr Leiden hatte schon lange vorher begonnen, als ihr Mann die bevorstehende Heirat angekündigt hatte.

«Du mußt bei der Zeremonie dabei sein», erklärte er Awonye.

«Du hast mir schon genug Schmerz zugefügt», protestierte Awonye. «Warum willst du mich noch mehr quälen, warum soll ich auch noch dabei zusehen?»

«Aber, Frau!» rief ihr Mann. «Tradition ist Tradition. Es ist deine Pflicht als meine älteste Frau, damit öffentlich dein Einverständnis zu zeigen, daß ich mir eine neue Frau nehme.»

Schließlich wohnte Awonye der Zeremonie bei und wurde Augenzeugin, wie ihr Mann den Brautpreis übergab, den er von ihrer gemeinsamen Arbeit finanziert hatte. Sie saß da in ohnmächtigem Schmerz, als jemand in ihr Ohr flüsterte: «Du bist jetzt dran.»

«Dran, womit?»

«Du mußt deine Rivalin umarmen», wurde ihr aufgetragen, «du mußt deine Unterstützung und Zustimmung mit einer herzlichem Umarmung demonstrieren.»

Sie unterdrückte ihre Tränen, setzte ein künstliches Lächeln auf und gehorchte. Donnernder Applaus folgte.

Wieder zu Hause, wurde sie von der Realität schnell und unbarmherzig eingeholt. Von einem Tag auf den anderen war ihr das Recht genommen, jede Nacht das Bett mit ihrem Ehemann zu teilen. Sie durfte nicht mehr «mein Mann» sagen, sondern «unser Mann», und sie durfte nicht einmal mehr jeden Tag für ihn kochen. Er gehörte nicht mehr ihr allein, und sie mußten sich abwechseln, nicht nur im Bett, sondern auch wenn es darum ging, Probleme zu besprechen. Das alles war schon schlimm genug, aber nichts im Vergleich zu dem Tag, an dem sie das erste Mal bemerkte, daß ihre Rivalin schwanger war. Ihre Gefühle gerieten in Aufruhr, sie war erfüllt von einer Bitterkeit, von der sie vorher nicht einmal geahnt hatte, daß so etwas in ihr existierte.

«Der werde ich's zeigen», schwor sie sich. «Ich werde ihr beweisen, daß ich nicht ihresgleichen bin. Wenn sie glaubt, daß ich ruhig bleibe und einfach zugucke, wie sie genau wie ich fünf Kinder in die Welt setzt, dann wird sie noch ihr blaues Wunder erleben.»

Mit den fünf Kindern, die sie schon hatte, spielte sie nun ihr Schachspiel gegen die Rivalin, ihre Babys waren die Bauern. Für jedes Kind, das ihre Rivalin auf die Welt bringen würde, würde auch sie eines gebären. Zum einen sollte dieser Eindringling wissen, daß sie auch noch da war, und zum anderen sollte sie merken, daß ihr Mann sie noch immer begehrte. Als die junge Frau mit ihrem fünften Kind schwanger war, hatte Awonye fünf Kindern vier weitere hinzugefügt und arbeitete fröhlich auf Baby Nummer zehn hin.

Aber ihr Mann wurde plötzlich vorsichtig. Die überhandnehmenden Geburten hatte er bis dahin nicht direkt an seinem Geldbeutel zu spüren bekommen, denn abgesehen von dem Kapital, das er seinen beiden Frauen gegeben hatte, damit sie Handel treiben konnten, bedachte er jede mit dem gleichen Haushaltsgeld. Wie sie jeweils damit zurechtkamen, wie sie all die hungrigen Mäuler damit stopften, war ihr Problem. Wenn Awonye sich einmal beschwerte, hatte er schnell eine Antwort parat: «Habe ich dir etwa gesagt, du sollst jedesmal gleich schwanger werden?» Aber die Aussicht auf ein mögliches Kind Nummer zehn war nicht mehr allein Awonyes Angelegenheit. Wenn er sie nicht davon abhielt, ein zehntes Kind zu bekommen, hätte er traditionsgemäß ein weißes Schaf schlachten und ein Fest für sie ausrichten müssen. Das bereitete ihm doppelte Kopfschmerzen. Zum einen verspürte er überhaupt keine Lust, so viel Geld für eine alte Ehefrau zu verschwenden. Und zweitens würde seine zweite Frau aus purem Neid das gleiche Ziel ansteuern. Es hätte ihm nichts ausgemacht, wenn alle zehn Kinder von ihr gewesen wären. Aber zehn Kinder dort und zehn Kinder hier? Wie sollte das gehen? Also mußte es für Awonye bei neun Kindern bleiben, unter allen Umständen.

«Ich bin krank. Mir geht's ja so schlecht», wurde zu seinem Credo, jedesmal wenn Awonye an der Reihe war, sein Bett zu wärmen. Bis Awonye mißtrauisch wurde.

«Du erlaubst meiner Rivalin, mich zu betrügen», beklagte sie sich.

Zu ihrer Überraschung gab er es zu. «Ich weiß», sagte er ernst. «Setz dich. Ich muß mit dir reden.»

«Was ist los?» wollte Awonye wissen.

Er seufzte schwer. «Weißt du, ich habe einen *Juju*-Mann aufgesucht, um herauszufinden, warum ich jedesmal krank werde, wenn du an der Reihe bist. Weißt du, was er mir verraten hat? Daß ein Mitglied deiner Familie...»

«Meiner Familie?»

«Ja. Daß, wer auch immer das war, eifersüchtig auf dich geworden ist wegen dem möglichen zehnten Kind und der Geist deswegen ein schlechtes Juju in deine Vagina gezaubert hat, damit ich mit dir nicht mehr schlafen kann. Und der Juju-Mann hat mich gewarnt, wenn ich es trotzdem tue, werde ich impotent.»

Awonye war entsetzt. «Was können wir tun? Kannst du mich nicht zum Juju-Mann bringen, damit er das Juju von mir nimmt?»

Aber ihr Mann war noch lange nicht am Ende. «Willst du, daß ich schuld bin am Tod eines deiner Verwandten?» stieß er wütend hervor. «Weißt du denn nicht, daß das Wegnehmen des Jujus automatisch den Tod dieses Verwandten, wer auch immer es sein mag, verursachen würde?»

«Was soll ich denn tun?»

«Nichts. Warte einfach, bis das Juju von selbst verschwindet.»

Aber das konnte sich Awonye nicht leisten. Nicht nur, daß die Rivalin sie einzuholen drohte. Nein, was wäre denn, wenn die das zehnte Kind bekäme, und sie hätte das Juju immer noch. Sie beschloß, wenn ihr Mann nicht die Verantwortung für den Tod dieser Hexe von Verwandten übernehmen wollte, dann würde sie es tun. War sie etwa um Erlaubnis gefragt worden, bevor dieses dämliche Juju in ihre Vagina gezaubert worden war? dachte sie verärgert. Also machte sie sich auf den Weg, um das Juju loszuwerden.

Der Juju-Mann erklärte, daß tatsächlich etwas Schlechtes in der Vagina sei, und zwar in Gestalt eines riesigen grünen dreiäugigen geschlechtslosen Frosches, den er nur spirituell wahrnehmen könne. Er befahl ihr, sich auszuziehen und hinzulegen. Zu ihrem blanken Entsetzen kniete er sich über sie, spreizte ihre Beine und führte einen langen rauhen Stock neunundneunzigmal in die Vagina ein. Sie hatte sich nie in ihrem Leben so wund gefühlt. Nun ja, was war schon der Schmerz, wenn nur das Juju beseitigt war.

«Bin ich jetzt befreit?» fragte sie eifrig.

Der Juju-Mann starrte sie nur unverschämt an, entblößte ihre Beine, starrte gut zwei Minuten lang in die Vagina, brummte und schüttelte heftig den Kopf. Er erklärte, daß der asexuelle Frosch zwar etwas bezähmt, aber nach wie vor zugegen sei und die Vagina ausgepeitscht werden müsse, neunundneunzig mal mit demselben groben Stock.

Awonye duckte sich. «Bitte, kann ich vorher noch einmal zur Toilette gehen?» bat sie.

Der Juju-Mann wies nach draußen, und sie floh.

Der zweite Juju-Mann, den sie konsultierte, forderte sie ebenfalls auf, sich auszuziehen und hinzulegen. Dann befahl er barsch: «Beine auseinander!»

Awonye gehorchte.

«Weiter auseinander!» brüllte er und atmete schwer. Dann bemerkte Awonye gerade noch rechtzeitig den lüsternen Ausdruck auf seinem Gesicht und entdeckte, daß er seinen erigierten Penis unter dem Grashemd hervorholte.

«Ich muß diesen Zaubertrank darauf schmieren», er zeigte auf seinen steifen Penis und eine braune Flasche neben ihm, «dann in deine verseuchte Vagina eindringen, immer rein und raus.» Er begann zu schwitzen, sein gieriger Blick war auf ihre hilflos entblößte Vagina gerichtet, «und ich muß so lange damit fortfahren, bis mein Samen sich in dir entleert. Ist das klar?»

Warum sagt er nicht einfach, ich will mit dir schlafen? dachte Awonye und rang nach Atem. Dann sprang sie auf, nahm ihre Kleider und rannte so schnell los, daß selbst der Juju-Mann davon überrumpelt wurde.

«Den Teufel wirst du rein und raus bei mir!» fluchte sie vor sich hin, während sie weiter lief. «Was glaubst du, wie ich meine neun Kinder gemacht habe?»

Sie lief weiter, bis sie zu einem Baum kam, hinter dem sie sich versteckte. Sie zog ihre Kleider wieder an und versuchte, sich zu beruhigen, bevor sie nach Hause zurückkehrte. Sie behielt ihre Feuerprobe für sich, gab den Plan mit den Juju-Männern auf, akzeptierte ihr Schicksal und zog sich würdevoll aus dem Bett ihres Ehemanns zurück. Jahre später erzählte sie das alles Maku, die damals die Sekretärinnenschule besuchte.

«Gott verzeih mir!» Awonye weinte an diesem Tag in Makus Armen. «Verzeih mir, daß ich so egoistisch war, noch mehr Kinder in die Welt zu setzen, noch mehr Münder, die ich nicht einmal vernünftig ernähren konnte. Guter Gott! Hilf und vergib mir!»

Sie weinte Tränen für alle ihre Kinder. Für Maku, die, als sie mit der Schule fertig war und eine Arbeit gefunden hatte, Asabea eine Friseurlehre und einem anderen Bruder eine Ausbildung zum Klempner ermöglicht hatte. Für die andere Tochter, die irgendwo als Hausmädchen arbeitete. Für den anderen Sohn, der in Togo als Schuhputzer zu überleben versuchte. Und für alle anderen, die noch würden zusehen müssen, wie sie mit dem Leben zurechtkamen.

V

Das Geschrei, das an Asors Stand ertönte, ließ bei den vorbeigehenden Passanten den Eindruck aufkommen, zwei Boxer hätten den Verkaufsstand in einen Kampfring verwandelt. Heute ging es wieder um Ama Serwas Schwiegermutter.

«Wie bitte, sie besaß doch wirklich die Dreistigkeit, die Buschfleischsuppe bei dir zu essen?» Asor gab sich angewidert.

«Ja, Frauen. Das hat die alte Hexe wirklich getan. Aber was mich am meisten ärgert, ist, wenn sie so tut, als sei nichts von dem, was ich mache, gut genug für ihren Sohn. Sie glaubt das wirklich, wißt ihr?» Serwa war in einer Laune, in der sie ihre Schwiegermutter am liebsten erwürgt hätte, wenn diese nur in Reichweite gewesen wäre. «Sie sitzt da und glaubt tatsächlich, daß ihr Sohn zu gut für mich ist. He? Frauen! Schaut mich an! Schaut mich mal richtig an!» Dabei fuhr sie mit den Händen die Umrisse ihres Körpers nach, wofür sie tosenden Applaus erntete. «Ich und ihr wurmverseuchter Sohn, na, wessen Mutter hat da mehr Grund, traurig zu sein. He?»

Asor wollte wissen, was die Schwiegermutter genau getan hatte.

«Schwestern, nachdem ich mich halb umgebracht und stundenlang in glühender Hitze auf dem Markt nach geräuchertem Buschfleisch gesucht und anschließend ebenso lange in der Küche gestanden habe, was glaubt ihr, hat mir die undankbare alte Hexe gesagt? Dankeschön? Nein!»

«Nein?»

«Ich sage es euch!» Sie nahm die Haltung ihrer Schwiegermutter ein und äffte sie nach. «Ama Serwa, das nächste Mal sei bitte etwas großzügiger mit dem Pfeffer. Buschfleischsuppe schmeckt fad mit so wenig Pfeffer.»

«Waaaas?»

«Wer hat ihr gesagt, daß es das nächste Mal überhaupt geben wird?» schimpfte Maku.

«Ja, Frauen, so überheblich ist die. Sie fühlt sich absolut im Recht.»

«Dann ist sie eine von den Schwiegermüttern, die glauben, jetzt ernten zu dürfen, was sie an Mühsal in ihre Söhne gesteckt haben, was?» schnaubte Maku verächtlich.

«Genau. Hm. Man sitzt mit ihr zusammen und redet über irgend etwas, und schon fängt sie wieder davon an, welche Mühen und Opfer sie für ihren Sohn auf sich genommen hat.»

«Und kommt es ihr jemals in den Sinn, daß auch für dich sich jemand abgerackert und Opfer gebracht hat?» fragte Maku.

«Ich bezweifle, daß sie sich das in ihrem Hochmut überhaupt vorstellen kann. Aber, hey, warum beschäftigen wir uns überhaupt so sehr mit dieser Frau? So viel Zeit und Aufmerksamkeit hat sie gar nicht verdient, oder?»

«Nein, das hat sie nicht», mischte sich jetzt Lotterie-Lady ein. «Sag ihr das ins Gesicht, und sie wird dich belehren, wenn sie ihren Sohn nicht geboren hätte, hättest du ihn auch nicht als Ehemann bekommen.»

«So ein Blödsinn», widersprach Maku. «Der hat doch einen Hängebauch wie ein benutztes Kondom. Wer weiß, wen Ama Serwa sonst geheiratet hätte. Denzel Washington vielleicht?» witzelte sie.

«Oooh!»

«Und dann würde sie jetzt in den Vereinigten Staaten leben!»

«Aaah!»

«Spaß beiseite», unterbrach Maku die allgemeine Heiterkeit. «Es ist ein Problem, wißt ihr.»

«Was ist ein Problem?» fragte Asor.

«Die Vorstellung, daß Männer Mangelware sind. Das ist der Grund, warum eure Männer und deren Mütter euch so behandeln. Die meinen, daß diejenigen von euch, die einen ihrer Söhne abgekriegt haben, ihnen zu ewigem Dank verpflichtet sein müssen.»

Serwa nickte zustimmend. «Du hast recht. Wenn es stimmt, was allgemein behauptet wird, daß wir in der Überzahl sind, was glaubst du, was das bedeutet?»

«Das bedeutet, wenn du einen abkriegst, dann danke Gott, hänge an ihm wie eine Klette, behandle ihn wie einen König, sonst schnappt ihn dir eine andere weg», antwortete Lotterie-Lady.

«Unsinn. Wer hat Zeit für so einen Quatsch?» widersprach Asor.

«Quatsch? Dann mußt du bereit sein, ihn zu teilen!» machte Serwa deutlich.

«Gott stehe uns bei!» Maku spuckte erneut angewidert aus.

«Welcher denn?» scherzte Lady Vet, die später dazugekommen war. «Der gleiche Gott, der uns dieses Schicksal eingebrockt hat, indem er uns im Überfluß erschaffen hat? Also wirklich, wenn du mich fragst, wenn man hinter ihnen her ist, dann gewinnen nur die Fittesten, ansonsten können wir nur unser Schicksal akzeptieren und uns bereitwillig verdoppeln, verdrei- oder vervierfachen für einen jeden von ihnen.»

«Wie kannst du so etwas Scheußliches sagen?» warnte Maku. «Wie kannst du nur so sprechen? Und auch noch Scherze damit machen?»

«Was soll ich sonst sagen?» verteidigte sich Lady Vet. «Wir reden hier über eine Sache, an der keine von uns zweifelt. Und wie nennt man so etwas? Ich nenne es Sichabfinden. Es ist besser, als wenn wir sagen würden, wir sind zwar in der Überzahl, aber wir bestehen weiterhin auf dieser Ein-Mann-eine-Frau-Geschichte. Kannst du dir dann all die übriggebliebenen Frauen vorstellen, die die Straßen des Landes bevölkern?»

«Tun sie das nicht schon?» fragte Lotterie-Lady.

«Hey, ich bin eine von ihnen, also Frauen, seid vorsichtig mit dem, was ihr sagt!» warnte Maku. Das rief halbherziges Gelächter hervor. Es war ihnen bewußt, daß sie so unbekümmert über ein Thema diskutierten, das ihnen allen doch Sorgen bereitete.

«Wenn wir so darüber denken, dann müßten wir Leila doch eigentlich applaudieren?» schimpfte Serwa.

In diesem Moment platzte die Frau vom großen Mehlstand rein. Sie war völlig durcheinander. «Maku! Maku! Asabea ist ins Krankenhaus eingeliefert worden!»

Am Stand breitete sich Panik aus. Maku schrie entsetzt auf.

«Was ist passiert?» heulte jemand.

«Welche Station?» rief eine andere.

«Ich glaube, sie muß operiert werden», jammerte die Mehlfrau.

«Operiert?» rief Maku geistesabwesend, während sie ihre Tasche und ihre Sachen zusammensuchte. Dann rannte sie eilig davon.

«Wir kommen auch», rief Asor ihr nach.

«Ja. Sag ihr schon mal Grüße von uns», fügte Lady Vet hinzu.

Aber Maku hörte nichts mehr. Als sie weit genug entfernt war, sagte die Mehlfrau ruhig: «Das wird sie umbringen», und verursachte erneuten Tumult.

«Ist es so schlimm?» fragte Lady Vet nach.

«Ich meine nicht Asabea. Ich meine Maku.»

Alle wunderten sich. «Maku?»

Die Mehlfrau setzte sich erst einmal. «Es heißt, Asabea sei zu Ohren gekommen, daß Kent eine andere Frau habe, eine von der Bank, also ging sie hin, um ihn zur Rede zu stellen. Aber Kent war noch gar nicht von der Arbeit zurück...»

«He, also, was seine Arbeit betrifft, ich habe gehört, daß er sie sehr ernst nimmt, trotz seiner ganzen Frauengeschichten», unterbrach Serwa.

«Die er besser lassen sollte. Wie viele junge Anwälte bekommen die Chance, in einer so angesehenen Kanzlei zu arbeiten? Auf jeden Fall beschloß Asabea, auf ihn zu warten, weil sie gehört hatte, daß es ziemlich ernst sei mit Kent und dieser Bankfrau. Immerhin ist die auf der Universität gewesen. Und wie ihr alle wißt, war das weder Asabea noch eine von den anderen, mit denen Kent bisher ausgegangen ist. So daß also Kents Hausboy...»

«Ja, das ist ein Verwandter von ihm. Ich habe gehört, sein Cousin oder so.»

«Ja, also, wer auch immer das ist, er bot Asabea einen Stuhl auf der Veranda an und widmete sich wieder seiner Arbeit im Haus. Da saß Asabea, als noch eine andere Lady auf der Bildfläche erschien, um Kent zu besuchen.»

«Ey, ey, ey, diese Männer!» empörte sich Lady Vet.

«Asabea erkannte die andere sofort. Die arbeitet bei einer Versicherung. Eine Frau mit riesigen Hüften und leicht gebleichter Haut. Und es heißt, vor ein paar Wochen, als Gerüchte über diese Frau und Kent zu Asabea vordrangen, habe sie Kent zur Rede gestellt... hm... ey, ach, ach, ach, die Männer bringen uns noch um. Es heißt, er habe gelacht und Asabea erklärt, wenn sie nicht aufpasse, würde sie ihn noch mit seiner eigenen Mutter erwischen und beschuldigen, sie sei seine Sugar Mummy. Er erklärte, daß diese Frau seine Stiefschwester sei und in Sakumono wohne. Also ließ Asabea die Angelegenheit auf sich beruhen. Und dann stand plötzlich diese Stiefschwester auf der Veranda.»

«Heiliger Strohsack!» murmelte Asor.

Die Mehlfrau setzte jetzt das Ganze in Szene.

«N'Abend, Sister», grüßte die Versicherungsfrau.

«Guten Abend», anwortete Asabea.

«Ist Kent da?»

Noch bevor Asabea antworten konnte, strahlte die Frau sie an und sagte: «Entschuldigung, ich hätte Sie gleich erkennen müssen. Sie sind Kents Stiefschwester aus Sakumono, nicht wahr?»

Asabea blickte sie finster an. «Ich, Kents Stiefschwester?»

«Sind Sie das nicht?»

«Das haben Sie doch gehört.»

Auch Ladys Gesicht verfinsterte sich. «Er hat mir von einer Stiefschwester in Sakumono erzählt, falls ich Sie mal zusammen sehen sollte. Oder von Ihnen hören sollte. Und die Beschreibung paßt genau auf Sie.»

Asabea mußte laut lachen. «Welch ein Zufall!» schimpfte sie. «Wissen Sie, ich habe ebenfalls geglaubt, Sie seien die Stiefschwester aus Sakumono. Er hat auch mir von einer Stiefschwester in Sakumono erzählt. Und die Beschreibung trifft genau auf Sie zu.»

Die Frau verzog das Gesicht. «Sie sind wirklich nicht seine Stiefschwester?» An diesem Punkt hätte Asabea sich aus dem Staub machen sollen, denn die fremde Frau bekam plötzlich einen Gesichtsausdruck wie ein wildes Tier kurz vorm Angriff. Aber aus welchen Gründen auch immer blieb Asabea stehen. Und plötzlich schrie die Frau. «Dann hast du also neulich deinen Büstenhalter hier gelassen, he? Diesen dreckigen, stinkenden Büstenhalter mit...»

«Mein dreckiger stinkender Büstenhalter?» schrie Asabea zurück. «Was ist mit der weißen Bluse mit dem miefigen, braunen Achselschweiß, die du das letzte Mal vergessen hast?»

«Willst du mich beleidigen?» brüllte die Frau.

«Wer hat hier wen zuerst beleidigt?» gab Asabea zurück.

Und bevor sie wußte, wie ihr geschah, war die Versicherungsfrau auf sie losgegangen.

«Und deswegen wird Maku weinen», unterbrach Serwa. «Sie wird sagen, daß Asabea ihr Schande bereitet hat. Sie hat immer versucht, Asabea davon zu überzeugen, mit Kent Schluß zu machen.»

Aber die Mehlfrau entgegnete: «Wenn sie sich lieber Gedanken darüber machen will, anstatt sich um Asabeas Ohrläppchen zu kümmern, dann laßt sie ruhig.»

«Was, Asabea hat keine Ohrläppchen mehr?» riefen alle aus.

«Na ja, eins ist weg», erklärte die Mehlfrau. «Es heißt, als die Versicherungsfrau auf sie losgegangen ist, hat Asabea sich gewehrt und der Frau an den Haaren gezogen. Daraufhin biß die in Asabeas rechtes Ohrläppchen. Asabea schrie vor Schmerzen auf. Aber es war wie ein Teufelskreis, während Asabea der Frau noch fester an den Haaren zog, damit sie losließ, tat dieser das so weh, daß sie ganz verrückt wurde und sich noch fester in das Ohrläppchen verbiß.»

«Na, das muß eine ganz schöne Hexe sein!» bemerkte Asor und spie aus.

«Ihr hat es so weh getan. Sie biß solange zu, bis sie den Geschmack von Fleisch und Blut im Mund hatte. Und sie biß immer noch, bis, zack, sie das Ohrläppchen in ihrem Mund spürte.»

Einen Moment lang herrschte Schweigen, bis Asor hastig ergänzte: «Und sie es angewidert ausspuckte?»

«Nein», verriet die Mehlfrau. «Während Asabea vor Schmerzen schrie, Kents Hausboy herbeigerannt kam und beide schockiert und peinlich berührt ansah...»

«Wo war er denn, als sie sich geprügelt haben?» unterbrach Asor.

«Es heißt, er habe Hilfe holen wollen, um sie auseinanderzubringen, aber er habe niemanden gefunden. Als er zurückkam, befand sich Asabeas Ohrläppchen schon im Mund der Frau. Die Frau entblößte die Zähne, das Blut rann aus den Mundwinkeln und sie schluckte das Ohrläppchen runter.»

«Wie bitte?» Erschütterte Schreie waren zu vernehmen, und zwar aus verschiedenen Gründen: Mitleid für Asabeas deformiertes Ohr, Beileid für Makus verletzte Gefühle und Wut über den

Auftrieb, den Kents Ego dadurch erfahren würde. «Zwei Frauen haben sich um Kent in seinem Haus geprügelt. Habt ihr schon gehört?»

«Wenn man bedenkt, daß er nicht einmal mit einer der beiden verheiratet ist», kommentierte Ama Serwa kopfschüttelnd

«Was uns wieder zu unserem Thema zurückbringt», bemerkte Lady Vet. «Wenn die beiden mit ihm verheiratet gewesen wären, hätten sie sich dann auch geprügelt?»

«Sie wären dazu verurteilt gewesen, einander zu tolerieren», sagte eine Kundin, die selbst dritte Frau war.

Lotterie-Lady musterte sie unfreundlich, als wollte sie sagen, wer hat dich denn um deine Meinung gebeten? Aber statt dessen entgegnete die Frau: «Hier geht es nicht um die Ehe.»

«Das ist genau der Punkt», argumentierte Lady Vet. «Warum war er mit keiner von beiden verheiratet? Weil er sich wahrscheinlich nicht entscheiden konnte. Wären sie, statt sich vor Eifersucht zu verzehren, beide eine Ehe mit ihm eingegangen, wäre das Problem gelöst gewesen. Wir Frauen sollten versuchen, uns mit unserer Situation zu arrangieren, und damit abfinden, die Männer zu zweit, zu dritt zu teilen...»

«Sei bloß ruhig!» rief eine andere Kundin, die offensichtlich Lady Vets Meinung mißbilligte. «Hör auf damit und schweige am besten ganz. Heiliger Jesus! Bist du sicher, daß du nicht ein Mann in Frauenkleidern bist?»

«Warum tust du so, als ob auf der ganzen Welt kein einziger alleinstehender, frustrierter Mann herumläuft? Du siehst alles viel zu schwarz!»

«Nenn es wie du willst. Aber der Knackpunkt bleibt. Entweder wir bestehen darauf, die einzige Frau eines Mannes zu sein, und es endet darin, daß wir unsere Ohrläppchen verlieren, oder wir machen es wie Leila.»

«Also, ein halber Mann ist besser als gar kein Mann?» gab Asor zum Besten.

«Wie ich schon sagte, nenn es wie du willst. Aber ich weiß genau, daß, seitdem ich mein Schicksal akzeptiere – unser gemeinsames Schicksal übrigens –, das Bedürfnis, in den Sachen meines Mannes nach Spuren von Lippenstift und fremdem Parfüm herumzuschnüffeln, nicht mehr existiert. Ich nehme es einfach nicht mehr wahr. Und wenn er damit nach Hause kommt, was soll's? Wenn er es nicht tut, auch gut. Das Leben geht weiter.»

Dem folgte ein kurzes unbehagliches Schweigen, bis Lotterie-Lady rief: «Vielleicht ist das unsere Strafe, weil wir das Geschlecht Evas sind.»

Asor kicherte, sie mußte gerade an etwas anderes denken. «Glaubt ihr, Kent wird Asabea besuchen?»

«Das bezweifle ich», warf die zweite Kundin ein, «während sie dort liegt mit nur einem Ohrläppchen und das andere im Magen der Stiefschwester verdaut wird, wird Kent die ganze Welt wissen lassen, was für eine unverzeihliche Schande diese Frauen über ihn gebracht haben. Und wird das als Vorwand nehmen, sie beide zu verlassen.»

«Zweifellos für seine junge, studierte Bankfrau!» sagte Lotterie-Lady schnippisch.

«Man sollte ihn kastrieren!» schäumte Ama Serwa

Lady Vet seufzte traurig. «Wann werden wir Frauen endlich begreifen?»

Niemand beachtete sie.

VI

Leila erfuhr am nächsten Tag im Dienst, daß Asabea im Krankenhaus lag, und eilte sofort zur Unfallstation. Sie fand sie in guter Verfassung, trotz der anhaltenden Kabbeleien im Krankenhaus, was mit ihrem Ohr jetzt anzustellen sei. Der eine Doktor schlug vor, der Versicherungsfrau ein Abführmittel zu verabreichen, um das Ohrläppchen wiederzubekommen und anzunähen. Ein anderer Mediziner bezeichnete diese Idee als grotesk. Gelegentlich zuckte Asabea vor Schmerzen zusammen, denn obwohl sie Medikamente einnahm, tat es noch sehr weh. Aber ansonsten war sie bester Laune.

«Ich weiß, daß Kent fertig mit mir ist», gestand sie Leila. «Aber irgendwie bin ich auch froh darüber.» Lachend fügte sie hinzu: «Ich meine, man kann nicht sagen, daß er es wert ist, daß ich auch noch mein anderes Ohrläppchen verliere, oder?» Darüber konnte Leila sogar lächeln, obwohl es in ihr anders aussah bei der Vorstellung, daß Madam Koomson womöglich Ähnliches für sie bereithielt.

«Was ist los? Woran denkst du?» fragte Asabea plötzlich.

Aber Leila mochte darüber nicht reden. Statt dessen wollte sie wissen: «Was glaubst du, warum hast du den ganzen Schmerz und die Demütigungen von Kent ertragen?»

Asabea zuckte mit den Schultern. «Da gibt es eine Menge Gründe», begann sie. «Erstens, ja, erstens hatte ich die Hoffnung, daß er mich eines Tages heiraten würde. Außerdem habe ich mich geschmeichelt gefühlt, daß ich seine Freundin sein durfte, denn schließlich habe ich nur einen einfachen Schulabschluß, bin Friseuse, und er hat studiert und ist ein erfolgreicher Anwalt. Außerdem», hier machte sie eine Pause, «es hat mir mit ihm im Bett gefallen. Er war gut.»

Leila lächelte traurig und murmelte: «Man darf die Rolle der Sexualität in einer Beziehung nicht unterschätzen.» Weil Asabea in Schweigen verfallen war, dachte sie laut nach: «Koomson ist auch gut im Bett. Aber ich bin auf ihn hereingefallen, weil der Mann, mit dem ich damals zusammen war, Agya, hm... weißt du, daß ich acht Jahre lang mit ihm zusammen war?»

Asabea runzelte die Stirn.

«Seine Frau war aus dem Norden, und seine Familie hat ihm das nicht verziehen. Sie bestanden darauf, daß er sie verließ. Ja, und dann ging es los: Ich werde sie verlassen. Bitte laß mir Zeit, log er fortwährend. Also wartete ich acht Jahre lang darauf, daß er seine Frau verließ und mich heiratete. Ich wartete und hoffte noch immer, als Koomson in mein Leben trat. Oder bin ich in seines getreten?»

Beide lachten.

«Weißt du, Koomson hat in weniger als einem Jahr geschafft, was Agya in acht Jahren nicht gelungen ist. Als Koomson mir den Antrag machte, dachte ich, auch wenn Agya seine Frau nicht verlassen wollte, hätte er mir doch zumindest vorschlagen können, seine zweite Frau zu werden. Statt dessen hat er mich in den acht Jahren als seine Konkubine gehalten, hat mit mir in Motels und Gasthäusern geschlafen und seine Frau angelogen.»

Und weil Asabea sie nur müde anlächelte, fragte sie hastig: «Langweile ich dich?»

«Aber nein!» antwortete Asabea. «Sprich dich ruhig aus. Wenn ich dir zuhöre, weiß ich, daß ich nicht die einzige bin, die sich schämen muß.»

Leila lachte. «Wer ist eigentlich die Kranke hier?» Sie umarmte Asabea. «Oh, bitte, mein Ohrläppchen, bitte!» scherzte Asabea und ergänzte: «Okay, fahren Sie nur fort. Ihre halb ohrläppchenlose Psychologin ist ganz ohrläppchenloses Ohr.»

«Ach, Asabea», seufzte Leila voller Dankbarkeit. «Meine Probleme begannen, als meine beiden jüngeren Schwestern heirateten. Mein Familie fand, daß es höchste Zeit war, mir beizubringen, daß ich nicht jünger werde. Du verschwendest deine Jugend, lamentierte meine Mutter den lieben langen Tag. Und meine Großmutter mischte sich ein. Meine Enkelin Leila will wohl warten, bis sie so viele Falten hat wie ich, bevor sie mir einen Urenkel schenkt. Und schließlich, mein Bruder. Seine Bemerkungen haben mich am meisten getroffen. Leila, bist du sicher, daß deine Kinder nicht in der Lagune zur Schule gehen? Das hat er mich gefragt.»

Asabea runzelte die Stirn. «Wieso Lagune?»

«Ich habe es zuerst auch nicht verstanden, bis er es mir erklärt hat. Wo landet Accras Abwasser, fragte er mich. In der Lagune, antwortete ich. Nun, wenn du einen Fötus abtreibst und in der

Toilette herunterspülst, wo endet er? Er glaubte, ich würde mich bloß amüsieren, mich mit allen einlassen und eine Abtreibung nach der anderen haben. Der Druck wurde immer stärker, und die Zeit war auch nicht auf meiner Seite. Also gab es nur zwei Möglichkeiten. Entweder ein uneheliches Kind mit Agya oder ein eheliches Kind als zweite Frau. Aber jetzt, mit all den Unsicherheiten und der nagenden Angst, was Koomsons erste Frau noch in petto hat, hm... ich weiß einfach nicht mehr, ob ich die richtige Entscheidung getroffen habe.»

Leila merkte jetzt, daß Asabeas Blick an ihr vorbei zur Tür schweifte. «Ich glaube, hier will dich jemand sprechen, Leila.»

«Wer?» Leila drehte sich um. Es war Martha, ihre Kollegin.

«Die Sekretärin sucht dich, Leila. Warum eigentlich? Mußt du noch Überstunden abrechnen?»

«Nein», wunderte sich Leila, sprang von Asabeas Bettkante, eilte zur Tür und sah, daß die Sekretärin mit jemandem herannahte.

«Du bekommst Besuch», sagte Martha trocken.

Leilas Herz schien fast still zu stehen, als sie erkannte, wer da frohgemut auf sie zukam. «Verflucht und zugenäht!» murmelte sie und stolzierte ihm entgegen.

«Ich habe wieder etwas für Sie von Madam Koomson», sagte der Mann mit hinterhältigem Grinsen und überreichte Leila wieder einen Brief.

Leila sah ihn nicht einmal an. «Das erste Mal sagten Sie mir, Sie seien nach Accra gekommen, um ein Ersatzteil für Ihre Getreidemühle zu kaufen. Diesmal auch?» Schneidender Sarkasmus lag in ihrer Stimme.

Der Mann ließ sich nicht beeindrucken. «Ich bin kein Getreidemüller. Dafür habe ich jemanden eingestellt. Ich bin der Eigentümer der Getreidemühle. Und selbst das ist nur eines von vielen Dingen, die ich tue. Ja, diesmal bin ich ebenfalls gekommen, um Ersatz für ein kaputtes Teil zu kaufen.»

Leila durchfuhr es eisig. «Was für ein Zufall», sagte sie kalt, «daß immer gerade dann, wenn meine Rivalin mir einen Brief schicken will, Teile Ihrer Getreidemühle ersetzt werden müssen. Und jedesmal Teile, die Sie weder in Sunyani noch in Kumasi bekommen.» Sie glaubte, das würde den Mann beeindrucken.

Doch weit gefehlt. Er strahlte sie an und antwortete: «Nicht wahr? Ist das nicht ein Zufall?» Damit wandte er sich ab und verließ das Krankenhaus.

Martha wollte wissen, ob er gute oder schlechte Nachrichten gebracht hatte. Leila ignorierte sie und öffnete den Brief. Sie fing vor Marthas Augen schrecklich an zu zittern.

«Was ist mit dir? Leila, ist alles in Ordnung?»

Leila brach in Tränen aus. «Ich muß gehen», schluchzte sie. «Es ist etwas passiert. Ich muß sofort zu meinem Mann.» Sie rannte los, um ihre Tasche zu holen.

«Ich sage Schwester Ama Ata Bescheid», bot Martha an.

Aber Leila hörte es nicht mehr.

In Koomsons Büro erfuhr Leila, daß er gerade nach Hause gegangen war, um die persönliche Kopie seines Versetzungsbescheids zu holen. Er wollte eine Fotokopie für seine Akte machen. Die Kopie des Büros war nicht aufzufinden. «Effizienz Marke Ghana» witzelte der Beamte.

Leila murmelte ein Dankeschön und wollte schon wieder gehen. «Wenn Sie mit dem Auto unterwegs sind, treffen Sie ihn wahrscheinlich noch zu Hause an», fügte der Polizeibeamte hinzu.

«Ich bin mit dem Taxi gekommen», antwortete Leila. Sie eilte hinaus. In ihrem Kopf drehte sich alles. Koomson beschäftigte sich mit seinem Versetzungsbescheid? Und hatte ihr nichts davon gesagt? Warum? Wann war aus der möglichen Versetzung eine definitive geworden, eine mit konkretem Antrittsdatum und allem?

Koomson trat gerade aus dem Haus, als Leila eintraf. «Ich muß mit dir reden», erklärte sie barsch.

Aber Koomson hatte keine Lust auf Streit. Seitdem sie von der möglichen Versetzung erfahren hatten, gab es zwischen ihnen nur noch Verdächtigungen, Anschuldigungen und Streitereien. «Ich habe keine Zeit, Leila. Ich bin spät dran», erklärte er brüsk.

Leila ärgerte sich, blieb aber hartnäckig. «Es wird nicht lange dauern.»

Aber Koomson wollte nicht reden. «Das sagst du immer», schnauzte er sie an. «Aber jedesmal dauert es ewig. Worum dreht es sich diesmal? Aber bitte, laß uns nicht wieder streiten. Ich halte das nicht mehr aus.»

«Deine Frau hat mir wieder einen Brief geschrieben.»

Damit hatte Koomson nicht gerechnet. Er hatte gedacht, daß Leila noch einmal von ihrem Streit heute morgen anfangen wollte. Aber das? Er schnippte mit einer Hand in die Luft und zischte wütend: «Schmeiß ihn weg.»

«Du wirst mich nicht einfach zur Seite schieben, als wäre ich eine Randerscheinung, Kojo Koomson», schrie Leila. «Ich verlange, daß du dir den Blödsinn, den deine Frau geschrieben hat, genau anschaust.»

Es war genau das eingetroffen, was Koomson befürchtet hatte. «Ich denke gar nicht daran», erklärte er bestimmt. «Wenn sie wollte, daß ich den Inhalt kenne, dann hätte sie mir eine Kopie gemacht oder diesen Brief an uns beide geschickt. So wie es aussieht, ist er aber nur für dich bestimmt.»

Er wandte sich ab und wollte davongehen.

In Leila stieg eine solche Wut hoch, daß die Worte förmlich explodierten. «Du bleibst jetzt hier und hörst mir zu Mr. Koomson!!!» So hatte sie ihn noch nie genannt. Das traf ihn hart. Leila rang verzweifelt um Fassung und fauchte: «Wenn du ihn nicht selbst lesen willst, dann werde ich dir erzählen, was drin steht. Und du hörst mir zu!»

Das war ein klarer Befehl. Koomson gehorchte und rührte sich nicht von der Stelle.

«Du warst bei ihr und hast mit ihr über mich geredet, und ich möchte gern wissen, warum!» klagte Leila ihn an.

Koomson schwieg und lachte verlegen.

«Sie warnt mich in diesem Brief, daß ich aufhören soll, dich zu nerven mit meiner... warte. Laß es mich vorlesen... meiner unablässigen und sinnlosen Forderung, dich zu deinem neuen Posten nach Takoradi zu begleiten. Hast du das gehört?»

Koomson hätte beinahe laut losgelacht. War das nun so schlimm?

«Ja, habe ich», antwortete er gelassen.

«Also?»

«Also was?»

Leila begriff, daß sie gegen eine Mauer anrannte. «Auf welcher Seite stehst du eigentlich?» schimpfte sie. «Ich möchte wissen, warum du mit ihr etwas besprichst, was nur dich und mich betrifft. Du hast mir nicht einmal gesagt, daß die Versetzung bestätigt worden ist. Du hast mich in der Luft hängen lassen. Also habe ich dich doch zu Recht dauernd danach gefragt? Ob die Versetzung bevorsteht und ab wann? Und habe ich dir nicht mitgeteilt, daß ich der Krankenhaus-Verwaltung schon Bescheid gesagt habe? Daß heißt, die haben auch schon auf meinen Versetzungsantrag gewartet, sobald du grünes Licht gekriegt hättest. Das nennt deine Frau also unablässige und sinnlose Fragen?»

Koomsons Herz blutete. Aber ihm waren die Hände gebunden. So sehr er es auch haßte, er mußte Leila noch mehr verletzen. «Du hast die falsche Einstellung, Leila», warf er ihr vor. «Es gibt keine Angelegenheit zwischen dir und mir oder mir und meiner Frau...»

«Oder mir und meiner Frau? Was ist mit mir? Wer bin ich?» unterbrach ihn Leila außer sich vor Zorn. «Was bin ich denn für dich? Deine Konkubine?»

«Tut mir leid», gestand Koomson. «Das ist mir so herausgerutscht. Ich wollte sagen, zwischen mir und meiner ersten Frau. Aber trotzdem glaube ich, daß du ein bißchen offener sein solltest für eine Dreiecksehe wie die unsere. Es gibt nichts, was nur uns beide angeht oder nur mich und sie. Wenn ich mit dir nicht über sie spreche, dann deswegen, weil es nicht viel über sie zu sagen gibt. Das ist alles.»

«Koomson, gibt es etwas über diese Versetzung, das ich wissen sollte und noch nicht weiß?»

Sie merkte, wie Koomson nervös wurde. Er wollte etwas sagen, aber brachte es nicht heraus. Er hielt inne, hustete, fing wieder an, stotterte, und schließlich brach es aus ihm heraus, als würde er gerade in der Hölle verbrennen: «Ich muß erstmal alleine nach Takoradi!»

Leila hatte das Gefühl, der Boden würde ihr unter den Füßen weggezogen.

«Ich habe versucht, es dir zu sagen, aber mich nicht getraut», fuhr er leise fort. «Jetzt weißt du, warum ich dir nichts von dem Versetzungsbescheid gesagt habe.»

Leila starrte ihn an wie einen Fremden. «Seit wann wolltest du es mir sagen, Kojo Koomson?»

Koomsons Gestammel hätte beinahe Leilas Mitleid erregt.

«Sollen wir... sagen... sagen, daß jetzt, ich, daß ich es dir jetzt gesagt habe.» Er konnte ihr nicht in die Augen sehen.

«Warum?» fragte Leila. Sie fühlte sich erschöpft, und ihr war zum Weinen zumute.

«Wegen der Lebenshaltungskosten. Ich kann mir nicht leisten, dich und Dan dort bei mir zu haben. Das ist eine Hafenstadt, und du weißt, wie teuer alles ist in Hafenstädten.»

Niemand brauchte Leila zu erzählen, daß Koomson mit dieser billigen Ausrede etwas viel Tieferliegendes verbergen wollte. «Wann hast du dir das überlegt? Warum hast du mich nicht davon abgehalten, mich im Krankenhaus um die Versetzung zu bemühen? Und außerdem arbeite ich doch auch? Wir haben doch unsere Einkommen immer zusammengetan? Wir haben das doch immer alles zusammen gemacht? Und was ist mit den anderen Polizeibeamten, deinen Kollegen, die dort mit ihren Familien leben?»

Koomson blickte sie an und sagte: «Siehst du, damit hast du es gerade auf den Punkt gebracht. Ja. Dort leben Kollegen mit ihren Familien. Aber ist Dan mein einziges Kind? Seid ihr meine einzige Familie?» Er wandte sich um und ging.

Leila konnte ihn nicht mehr aufhalten. Wie hätte sie das jetzt auch noch tun können? Sie ging ins Haus und ließ sich aufs Sofa fallen. «Was geht hier vor?» fragte sie sich. Je mehr sie darüber nachgrübelte, desto mehr Mosaiksteine setzten sich zusammen. Nach seinem letzten Besuch in Sunyani hatte Koomson sie gefragt, ob sie ihn wirklich nach Takoradi begleiten wolle. Das hätte sie schon stutzig machen müssen, denn es hatte nie zuvor zur Debatte gestanden. Es war einfach eine Tatsache gewesen. Und danach war die Angelegenheit nie wieder zur Sprache gekommen. Jetzt war offensichtlich, daß er die Bestätigung der Versetzung vor ihr verborgen gehalten hatte, um sicherzustellen, daß sie ihre eigene Versetzung gar nicht weiter verfolgte. «Warum, zum Teufel, habe ich das nicht durchschaut?» fragte sie sich. Sie knüllte den Brief ihrer Rivalin zu einem Ball. «Baaaskeet!» rief sie gedehnt und traurig aus und schnippte ihn in einen der Sessel. «So long, Takoradi», murmelte sie dumpf. «So long!» Sie ließ die Tränen laufen.

XII

Unsere Alten sagen, wenn man ein Trankopfer mit Wasser begeht, für das man eigentlich Schnaps verwenden sollte, bekommt man auch ein wäßriges Ergebnis.

So wie Leila vor vielen Jahren, als sie Koomson erlaubt hatte, Freunde statt der Familie um ihre Hand anhalten zu lassen.

Leila war bewußt, daß es Unrecht gewesen war, Madam Koomson nicht zuerst informiert und um Zustimmung gebeten zu haben. Aber Koomson hatte ihr versichert, daß er wußte, was er tat. Und er wußte es wirklich. Nie war er den Verdacht losgeworden, daß seine Frau am Scheitern seiner Heiratspläne mit Miranda beteiligt gewesen war. «Ich hätte sie einfach heiraten und meine erste Frau später darüber informieren sollen, daß ich eine zweite Frau genommen habe. Punktum. Denn was sich in unserer Ehe damals abspielte, schrie förmlich danach!» klagte er gegenüber einem Freund.

«Was war denn los?» wunderte sich der Freund zwar, fragte aber nicht weiter nach, als er merkte, daß Koomson nicht mehr darüber verraten wollte.

Es fing kurz nach der Geburt ihres letzten Kindes an, als Koomson, sexuell ziemlich ausgehungert, mit seiner Frau schlafen wollte. Kaum war er in ihr, schrie sie vor Schmerz auf.

«Was ist los?» fragte Koomson verblüfft. «Bist du nicht in Stimmung?»

Doch seine Frau krümmte sich unter ihm, stieß ihn weg und stöhnte. «Es tut weh. Es ist unerträglich.»

«Wo tut es weh?» wollte Koomson wissen.

«Im Unterleib.»

Koomsons Penis schrumpfte auf Null.

Madam Koomson begann, sich Sorgen zu machen. Wenn sie keinen Sex mehr mit ihrem Mann haben konnte, trieb sie ihn nicht geradezu in die Arme einer anderen Frau?

«Vielleicht ist es noch zu früh, so kurz nach der Geburt», jammerte sie. «Laß uns noch einen Monat warten, und dann sehen wir weiter.»

Aber Koomson war des Wartens überdrüssig, er hatte schon etliche Wochen vor der Niederkunft und etliche Wochen danach verzichtet. Er konnte nicht länger warten. Also ging er zweimal im

Monat ins Bordell und verschaffte sich Erleichterung. Er merkte aber bald, daß das nicht seine Welt war. Nicht nur, daß es ihm nicht gefiel, es kam ihn auch teurer, als er ursprünglich gedacht hatte. Er wurde verführt, Drinks zu spendieren. Diese Extrakosten hatte er nicht einkalkuliert. Das Motel erwies sich ebenfalls als problematisch. Das Zimmer war schmutzig und stank. Das Bett quietschte so laut, daß er sich kaum konzentrieren konnte. Und was das Schlimmste war, die zweite Nummer mit der Hure, die er voll im voraus bezahlt hatte, wurde abrupt unterbrochen, als plötzlich die komplette Großfamilie einer riesigen aggressiven Küchenschabe ins Bett einmarschierte, von Gott-weiß-woher. Nein, das hier war alles nichts für ihn.

Koomson eilte voller Selbstverachtung nach Hause. Seine Frau stand in der Küche und summte zufrieden vor sich hin. Ohne Vorwarnung zog er sie ins Schlafzimmer, und wieder schrie sie vor Schmerzen.

«Und was soll ich jetzt machen?» schimpfte er.

Sie trafen eine Vereinbarung. «Da ich dir nicht geben kann, worauf du offensichtlich nicht verzichten kannst, werde ich nicht danach fragen, wo du gewesen bist oder mit wem du dich triffst. Aber gib mir bitte keinen Grund zur Sorge», forderte seine Frau.

Mit diesem Freibrief in der Tasche tat sich Koomson gütlich und erwarb sich bald einen beachtlichen Ruf. Nur merkte er schon bald, daß eigentlich kein besonders großer Unterschied zwischen Geliebten und Nutten bestand. Auf die eine oder andere Weise mußte er für ihre Dienste zahlen. Schließlich landete er bei Miranda und sah sich am Ende seiner Nöte. Seine Frau hatte in der Zwischenzeit gemerkt, wie schwer Koomsons neue Freiheit zu ertragen war. Wie soll eine Frau auch damit fertig werden, wenn der Mann, der neben ihr im Bett liegt, gerade mit einer anderen Frau geschlafen hat, dieses vorhat oder davon träumt? Sie konnte ihre Neugierde nicht zügeln, sie wollte wissen, mit wem Koomson es trieb und bezahlte den Ex-Polizisten dafür, es herauszubekommen.

So erfuhr sie von Miranda und wurde, Vereinbarung hin oder her, von der Eifersucht gepackt. Daß sie das Verhältnis tolerieren und ihre Gefühle für sich behalten mußte, machte alles noch schlimmer. Aber wirklich Sorgen bereitete ihr, daß Koomson plötzlich ständig jammerte, daß er eheliche Wärme vermisse, was auch immer das bedeuten sollte.

«Habe ich dir nicht alle Freiheit eingeräumt, sie dir woanders zu holen?» fragte sie ihn.

«Mir geht's wie jemandem, der geschäftlich immer unterwegs ist. Sein Leben besteht nur aus Mahlzeiten in Restaurants. Weißt du, was für diesen Mann eine wahre Delikatesse ist? Liebevoll zubereitete Hausmannskost.»

«Was um alles in der Welt willst du damit sagen?» argwöhnte sie.

Aber Koomson beließ es dabei. Kurz danach brachte ihr der Ex-Polizist die befürchtete Nachricht. Koomson beabsichtigte, Miranda zu seiner zweiten Frau zu machen. Also war sie gewappnet, als Koomson das beging, was er heute als traurigen, kleinen Fehler bezeichnete, und seiner Frau eröffnete, was sie bereits wußte. Sie wußte aber auch, daß Koomson zu ihrer Familie gehen und ihre Unfähigkeit, ihn sexuell zu befriedigen, preisgeben konnte. Und die würde ihr dann einfach mitteilen, daß es Koomsons gutes Recht sei, sich eine zweite Frau zu nehmen. Dann gäbe es eine Nebenfrau, die jedes Recht haben würde, Koomson weitere Kinder zu schenken, Kinder, die jedes Recht hätten, mit ihr in ihrem Haus zu leben. Die eines Tages, nur weil sie seine Kinder waren, jedes Recht haben würde, in ihrem Geschäft mitzumischen, das sie allein so mühselig aufgebaut hatte. Sie könnte es nicht verhindern, denn Koomson würde sie daran erinnern, daß er es schließlich damals gewesen war, der ihr das Kapital gegeben hatte, um die kleine Imbißbar unter dem Mangobaum zu eröffnen, aus der jetzt ein stattliches Unternehmen geworden war. Nein! Sie sah sich gezwungen, zu den Waffen zu greifen. Diese Schlacht mußte sie allein und auf ihre Weise schlagen. Dabei kam ihr eine Begebenheit zu Hilfe, die sich vor vielen Jahren in Mirandas Familie zugetragen hatte.

Eine Schwester Mirandas, eine gut gebaute und sehr hübsche Vierzehnjährige, sollte eines Tages Kerosin für eine Lampe kaufen. Unterwegs trat sie aus Versehen auf eine merkwürdige Kalebasse. In dieser Kalebasse befand sich eine Mischung aus Kräutern, Federn, Nägeln, Dornen und Blut.

«Da hat jemand ein Juju hingelegt», erklärte ein Fachmann. «Suche lieber gleich einen Heiler auf. Das ist keine irdische Angelegenheit.»

Das Mädchen wurde zu einem Heiler geschickt. Obwohl sie tagelang beteten, begannen die Füße des Mädchens anzuschwellen.

«Dieser Heiler hat nicht genügend Kraft», erklärte der Fachmann und riet der Familie, einen anderen aufzusuchen. Diesmal entschied sich die Familie für einen Mann, der einen obskuren Kult auf dem Gipfel eines Berges betrieb.

«Kommt in drei Tagen wieder und holt das Mädchen ab!» trug er ihnen auf, und die Familie verabschiedete sich voller Zuversicht. «Das ist jetzt ein wirklicher Heiler», freuten sie sich. «Ein wahrer Diener Gottes!» Nach drei Tagen kamen sie, um das Mädchen abzuholen. Der Heiler zeigte sich ärgerlich. «Ihr fordert Gott heraus!» schrie er die verblüffte Familien an. «Wer hat euch gesagt, daß drei Tage bei Gott auch drei Tage bei den Menschen sind?»

Völlig entgeistert waren sie und ratlos, was sie jetzt tun sollten. Also fragte Mirandas Mutter demütig, ob er bitte so freundlich sein könne, ihnen zu erklären, aus wieviel Stunden ein Tag beim lieben Gott bestehe, damit sie ausrechnen könnten, wann die drei Tage nun tatsächlich vorüber seien. Der Heiler starrte die Mutter lange an, durchbohrte sie mit seinem Blick und schnaubte: «Wartet!» Dann verschwand er im Haus. Er kam zurück und hielt ein Stück Papier in der Hand, von dem die Familie zuerst glaubte, darauf seien die drei Tage Gottes ausgerechnet. Doch plötzlich und unerwartet fing er an, sie mit Cayennepfeffer zu bewerfen. Sie ergriffen die Flucht, während er hinter ihnen herrief: «Ihr Hexen! Verschwindet aus Gottes Land! Haut ab!»

Die Polizei wurde informiert und seine Behausung umgehend durchsucht. Mirandas Schwester wurde in einem erbarmungswürdigen Zustand aufgefunden. Die Füße waren noch weiter angeschwollen, ein ekelhafter eitriger Geruch ging von ihnen aus. Die Versuche des Heilers, sie nur mit Kräutern zu behandeln, waren offensichtlich fehlgeschlagen. Aber das war noch nicht alles. Das Mädchen war auch wiederholt vergewaltigt worden. Noch während das Verfahren gegen den Heiler lief, starb Mirandas Schwester an Wundstarrkrampf. In dieser Familientragödie fand Madam Koomson ihre Waffe, um Miranda daran zu hindern, Koomsons zweite Frau zu werden.

«Abergläubische Narren!» lachte sie in sich hinein. Sie rief ihren Spion zu sich. Sie gab ihm Papier und Bleistift, formulierte etwas in ihrer Sprache und forderte ihn auf, das ins Englische zu übersetzen und in Großbuchstaben für sie aufzuschreiben.

Der Mann fragte stirnrunzelnd: «Was du gerade gesagt hast?»

«Ja. Schreib es auf.»

Also notierte der Ex-Polizist: *Laß Koomson In Ruhe! Miss Kotoku Warnt Dich!!!*

Als nächstes kaufte Madam Koomson vier reinweiße Hühner, ließ sie schlachten und packte deren abgeschnittenen Köpfe in einen mit Kräutern, Nägeln, Dornen und geronnenem Geflügelblut ausgepolsterten Karton, legte den Zettel bei, verpackte den Karton hübsch wie ein Geburtstagsgeschenk und schickte ihn Miranda ins Büro.

Zitternd vor Angst eilte diese nach Hause und zeigte ihrer gesamten Familie das Paket. Die Hölle brach los. Die Erinnerung an Mirandas Schwester lebte wieder auf. Nein! Einer dieser Todesfälle in der Familie war genug. Sie brachten ein Trankopfer nach dem anderen dar und begruben das Paket.

«Miss Kotoku? Ich kenne keine Miss Kotoku!« Koomson versuchte verzweifelt, Miranda zu überzeugen, daß er nichts damit zu tun hatte. Aber Miranda wußte nicht, wozu sie ein so sinnloses Risiko eingehen sollte. Vor allem wenn sie bedachte, daß Koomson in materieller Hinsicht überhaupt nichts zu bieten hatte. In Sunyani wußte jeder, daß seine Frau den Unterhalt verdiente. Was für ihn sprach, waren sein Charme, sein gutes Aussehen und sein Schwanz. Aber dafür lohnte es sich nicht zu sterben. Auf gar keinen Fall.

Miranda verzichtete darauf, Koomsons zweite Frau zu werden.

Koomson argwöhnte, daß seine Frau die Hände im Spiel hatte, aber er gelangte zu der Auffassung, daß man schlafende Hunde besser nicht wecken sollte. Also teilte er ihr treu ergeben mit, daß die geplante zweite Heirat nicht stattfinden würde. Er nahm dankbar ihre Mitleidsbekundungen entgegen und genoß das besondere Essen, das sie ihm für diesen Abend zubereitet hatte. Insgeheim aber schwor er sich, daß er es das nächste Mal anders anstellen würde. Gleichzeitig schwor sich Madam Koomson, daß sie es niemals zulassen würde, daß ihr Mann sich eine zweite Frau nahm. Falls er sich allerdings – wie hatte er es noch ausgedrückt? – um der liebevoll zubereiteten Hausmannskost willen doch gezwungen sehen würde, eine Frau Nummer zwei zu nehmen, müßte sie es eben doch durchstehen.

So gab sie vor, sie hätte sich im Krankenhaus untersuchen lassen und daß sie jetzt geheilt sei und sie so viel Sex miteinander haben könnten, wie sie nur wollten. Koomson nahm die Neuigkeit gelassen auf und beschloß, es auf einen Versuch ankommen zu lassen. Als es aber so weit kam, war ihm der Appetit schon wieder vergangen.

«Das wird schon werden mit der Zeit, du wirst sehen. Mach dir keine Sorgen», versicherte ihm seine Frau. Sie glaubte fest daran. Aber das Schicksal versetzte ihr einen herben Schlag. Während sie sich noch in der Hoffnung wähnte, daß sich alles einrenken würde, erhielt Koomson den Versetzungsbescheid für Accra.

Im Stillen dankte er seinem Schöpfer.

Im Stillen verfluchte sie sich und legte ein Gelübde ab. «Komm mir bloß noch einmal mit einer Miranda, und ich werde ihr, wer immer sie ist, die Hölle heiß machen!»

Und dann kam Koomson mit einer weiteren Miranda: Leila!

Madam Koomson blieb ihrem Schwur treu, ging jede Nacht zu Bett und pries den Modus operandi, den sie sich ausgedacht hatte, um Leila direkt und umgehend zur Hölle fahren zu lassen. Glaubte Koomson etwa, daß sie sich einfach zurücklehnen und kampflos zuschauen würde, wie Leila mit ihm nach Takoradi zöge?

Gut, er hatte es geschafft, sie zu seiner Frau zu machen. Aber wer sagte eigentlich, daß das, was einmal zusammengefügt wurde – übrigens ganz bestimmt nicht vom lieben Gott – nicht auch wieder getrennt werden konnte?

VIII

Madam Koomson setzte ihren Modus operandi in Koomsons letzter Woche in Accra in Bewegung. Ihr war klar, daß er das Wochenende lieber mit Leila verbringen würde.

Am Montag rief sie ihn frühmorgens im Büro an: «Weißt du, daß das kommende Wochenende das letzte vor deinem Umzug nach Takoradi ist?»

«Ja, sicher», antwortete Koomson eingeschüchtert.

«Gut», sagte seine Frau, «ich will dich bei mir haben. Ich will, daß du das letzte Wochenende hier in Sunyani verbringst.»

«Ich war doch schon letztes Wochenende bei dir. Jetzt muß ich hierbleiben und alles vorbereiten. Und ich brauche noch ein bißchen Ruhe.»

Aber Madam Koomson ordnete in ruhigem Ton an: «Ich will dich hierhaben!» und legte sanft den Hörer auf.

Am Dienstag erhielt er wieder einen Anruf aus Sunyani. Er ging zum Telefon in der festen Absicht, seiner Frau ein lautes und deutliches *Nein!* zu entgegnen. Aber nicht seine Frau war am Telefon, sondern deren Sekretärin.

«Mr. Koomson!» Ihre Stimme klang aufgeregt. «Was ist gestern passiert, als Madam mit Ihnen gesprochen hat?»

«Nichts Besonderes. Warum?»

«Hmm», erwiderte sie und schniefte. «Sie will das Geschäft verkaufen, damit sie mit Ihnen nach Takoradi ziehen kann.»

Koomson tat das Ganze als Bluff ab.

Am Mittwoch klingelte das Telefon erneut. Er dachte an nichts Böses und nahm den Hörer ab.

«Daddy!» jammerte sein ältester Sohn am anderen Ende der Leitung. «Wir sind alle hier, Mutter weiß nicht, daß wir dich anrufen. Warum tust du das, Daddy? Wir wollen hier nicht weg. Alle unsere Freunde sind hier!»

«Wo sollt ihr hin? Wer sagt, daß ihr irgendwohin gehen sollt?»

«Mutter. Sie ist gestern zur Direktorin gegangen und hat gesagt, daß wir möglicherweise nächste Woche schon nicht mehr zur Schule kommen, weil du möchtest, daß wir mit dir nach Takoradi ziehen.»

Der Donnerstag blieb ohne Anruf. Das war auch gut so, denn Koomson war inzwischen ein Nervenbündel. In welcher Schule sollte er seine Kinder mitten im Schuljahr anmelden? Wenn seine Frau ihr Geschäft verkaufte, wie lange würde er seine Kinder noch auf gute Schulen schicken können? Wo sollten sie alle wohnen?

Er hielt es nicht mehr länger aus und rief in Sunyani an.

«Was willst du eigentlich?» fragte er seine Frau.

«Ich will nicht, daß du dieses Wochenende mit ihr verbringst. Ich will dich bei mir haben.»

Leila zu erklären, daß er die letzten Tage nicht mit ihr und Dan verbringen konnte, war ihm ein Greuel. Doch Leila nahm es gelassen auf. Also fuhr er am Freitag nach Sunyani.

Madam Koomson sah ihn durch das Verandator kommen und rief ihm triumphierend entgegen: «Oh, du bist also da?»

Koomson murrte: «Ja, ich bin gekommen. Es blieb mir ja wohl nichts anderes übrig, oder?»

«Natürlich hättest du dich auch anders entscheiden können», antwortete Madam Koomson vergnügt.

Koomson lachte bitter.

«Du wolltest sie wirklich doch noch mitnehmen, was?»

Koomson antwortete nicht.

«Natürlich ist es deine Entscheidung», fuhr sie fort. «Es ist noch genug Zeit. Du kannst mir ins Gesicht spucken und diese Frau mitnehmen. Dann gebe ich hier mein Geschäft auf und folge dir mit all deinen Kindern. Das wird ein Spaß. Du, zwei Frauen, fünf Kinder, und alle leben nur von deinem Gehalt. Ha!» Und sie fügte hinzu: «Ach, ich bin ja blöd. Das habe ich ganz vergessen. Meine kleine Rivalin hat ja auch noch ein kleines Einkommen. Also haben wir eure beiden Gehälter für uns alle. Ach, du meine Güte!» Sie lachte schallend auf.

Koomson lachte bitter.

«Kojo Koomson», höhnte sie. «Versuche nicht den Eindruck zu erwecken, als sei ich die schlimmste erste Frau der Welt. Merkst du nicht, wie weh es mir tut, wenn ich merke, wieviel Angst du davor hast, daß ich tatsächlich alles zusammenpacke und dir nach Takoradi folge? Was glaubst du, was das heißt?»

«Dann sag's mir doch», sagte Koomson bissig.

«Daß es nicht sehr schmeichelhaft ist. Das ist dir klar, oder?»

Koomson ignorierte ihre Worte. Statt dessen fragte er: «Warum hast du ihr diesen zweiten Brief geschrieben?»

«Ich wollte dich warnen.»

«Warum hast du dann nicht mich direkt gewarnt? So wie du mich hierher bestellt hast.»

«Hätte ich tun können. Aber was hätte das schon gebracht?»

«Viel!» erwiderte Koomson.

«Nein. Sieh mal, es ist ganz einfach», entgegnete seine Frau. «Glaubst du, ich habe nicht damit gerechnet, daß sie sofort zu dir kommt mit dem Brief? Das habe ich einkalkuliert.» Sie lächelte süffisant.

«Warum das alles?» fragte Koomson.

«Weil ich wollte, daß du dich vor mich stellst. Ich weiß, mich brauchst du nicht. Aber ich weiß, daß du mein Geld brauchst. Du liebst deine Kinder viel zu sehr, um dich mir zu widersetzen und sie leiden zu sehen. Aber wie ich schon sagte, für mich ist das alles andere als schmeichelhaft. Mir war klar, daß sie von dir verlangen würde, daß du irgend etwas unternimmst wegen dieses Briefes. Und mir war auch klar, daß du dich das nicht trauen würdest, weil du Angst vor den Konsequenzen hast.» Sie ging in die Küche, um nach dem Essen zu sehen. Da Sex zwischen ihnen nicht mehr stattfand, war Essen das Nächstbeste, was sie zu bieten hatte.

Später saß Koomson im Wohnzimmer auf dem Sofa und fragte sich gerade, was seine Frau wohl noch alles auf Lager haben würde, als sie nach ihm rief: «Kojo Koomson!»

Koomson war auf Anhieb klar, daß Phase zwei begonnen hatte.

«Ich habe mit einer alten Freundin Kontakt aufgenommen...»

«Weswegen?» unterbrach Koomson argwöhnisch.

Seine Frau kicherte. «Ach! Kojo Koomson. Was soll dieses Mißtrauen? Ich habe sie nur um Hilfe gebeten, jetzt, wo du alleine dort hingehst.»

«Sie? Um Hilfe? Was für eine Hilfe? Für wen?»

«Für dich. Diese alte Freundin von mir, sie hat eine Schwester in Takoradi. Eine Lehrerin. Eine von diesen reizlosen alten Jungfern. Ich habe mir ihre Adresse geben lassen. Für dich. Meine Freundin hat ihr auch schon eine Nachricht geschickt. Sie erwartet dich also.»

«Wozu das alles?»

«Dumme Frage. Was ist, wenn du wieder nach einem Fußballspiel verletzt wirst? Dort gibt es wilde Fußballclubs, das weißt du ja. Und da du allein sein wirst, weder mich noch deine andere kleine Frau bei dir haben wirst...» Sie gluckste vor Vergnügen.

Koomson starrte sie hilflos an.

«... könnte sie wegen der schon oft erwähnten hohen Lebenshaltungskosten auch für dich kochen. Und waschen und saubermachen.»

Koomson schauderte und überlegte: «Das ist sie also. Die Strafe, die sie sich für mich ausgedacht hat. Sie will, daß ich mit einer langweiligen, alten Lehrerin zusammenlebe.»

Die ganze restliche Zeit verbrachte er mit den Kindern, die ihm zu verstehen gaben, wie glücklich sie darüber waren, nicht nach Takoradi ziehen zu müssen.

«Mutter hat gesagt, wenn wir mit dir gegangen wären, hätten wir auf eine billige staatliche Schule wechseln müssen. Wir hätten kein Frühstück mit zur Schule nehmen können und alle zusammen in einem Zimmer schlafen müssen, wir alle mit dir und Mutter. Stimmt das?» wollten sie wissen.

«Ja, das stimmt», antwortete Koomson düster. Jetzt verstand er endlich, warum sie so schrecklich geweint hatten am Telefon.

Seine Frau behandelte ihn während des restlichen Aufenthaltes sehr fürsorglich. Sie schliefen nicht miteinander. Er machte sich nicht einmal die Mühe, es zu versuchen. Warum sollte er heucheln? Und sie erwartete es auch nicht. Alles schien in bester Ordnung. Am Sonntag wachte Koomson um fünf Uhr morgens auf. Um sechs Uhr wollte er sich auf den Weg zum Busbahnhof machen.

«Kojo Koomson!» rief seine Frau.

«Was ist nun schon wieder?» antwortete er kurz angebunden.

«Die Lehrerin..., über die wir gesprochen haben...»

«Was ist mit ihr?»

«Sie heißt Afrakoma.»

Leila hatte das ganze Wochenende über geweint und freute sich sehr, ihren Mann wiederzuhaben. Sie flog ihm regelrecht in die

Arme, und als er sich gleich über sie hermachte, war der ganze Kummer verflogen.

«Was wollte sie von dir?» erkundigte sich Leila, als sie beide erschöpft und keuchend auf dem Bett lagen.

«Sie wollte zeigen, wer der Boss ist. Ich vermute, es sollte nicht in den Akten stehen, daß ich das letzte Wochenende mit dir verbracht habe. Hmm. Das ist eine Frau! Weißt du, daß sie mir sogar eine alte Jungfer besorgt hat, die mir im Haushalt helfen soll?»

«Ein Hausmädchen?»

«Nein. Ein spätes Mädchen. Eine alte Jungfer. Ich kann mir schon ihr Gesicht vorstellen. Diese alten frustrierten Jungfern haben alle dieselben reizlosen, faden Gesichter. Die soll nur auf mich aufpassen, da bin ich sicher.»

«Und sie darüber informieren, wenn ich zu dir komme, ganz klar», fügte Leila hinzu.

«Da werde ich sie enttäuschen müssen, denn ich werde zu dir kommen. Und ich werde dich und Dan mindestens zweimal im Monat besuchen», versprach Koomson.

«Mindestens?»

«Mindestens.»

Leila mußte daran denken, was Asor über Trennungen gesagt hatte. Daß sie wahre Wunder wirkten für müde Ehen. Er geht fort, man sieht sich eine Weile nicht, er kommt zu Besuch, und schon ist die Liebe neu entfacht wie das Olympische Feuer. Sie hatten eine Menge Höhen und Tiefen durchgemacht, also wer konnte schon wissen? Vielleicht war diese Trennung genau das, was ihre Ehe brauchte. Immerhin würde er mindestens zweimal im Monat zu Besuch kommen. Und wenn sie einen freien Tag hätte, würde sie zu ihm fahren. Worüber sollte sie sich also Sorgen machen? Ja. Die Trennung würde ihnen guttun. Und vielleicht würde sogar Madam Koomson eines Tages ihren Kampf aufgeben und sie als Zweitfrau vollständig akzeptieren.

Ein angenehmer Schauder lief ihr über den Rücken. «Oh, Kojo!» stöhnte sie. Sie umfing ihn fester, um ihn noch tiefer in sich aufzunehmen.

IV

Koomson hielt sein Versprechen und besuchte Leila im ersten Monat zweimal. Aber Asors Prophezeiung hatte sich nicht erfüllt, Koomson wirkte in sich zurückgezogen, und die Liebe machte nicht bumm zwischen ihnen. «Habe ich zuviel erhofft?» sinnierte Leila. «Vielleicht habe ich so viel erwartet, daß das Normale mir als wenig erscheint?» Aber es fehlte nicht nur an Liebe, auch im Bett bemerkte sie eine Veränderung. Später gestand sie Asor: «Wir hatten Sex, das ja, aber es war ein Desaster. Leidenschaftslos, direkt und mechanisch, als würde er denken, okay, ich bin jetzt nach Hause gekommen und es wird von mir erwartet, also will ich's tun und hinter mich bringen.»

Im darauffolgenden Monat wurden Leilas Sorgen nicht geringer. Koomson rief im Krankenhaus an zu einer Zeit, wo er genau wußte, daß Leila keinen Dienst hatte. Er ließ ihr über Martha ausrichten, sie bräuchte ihn diesen Monat kein zweites Mal zu erwarten, da er sich für den Wochenenddienst habe einteilen lassen.

«Er hat sich einteilen lassen?» Leila traute ihren Ohren nicht.

«Bist du nicht zu mißtrauisch?» gab Martha vorsichtig zu bedenken.

Auch ihre Freundinnen versuchten, sie zu beruhigen. «Laß ihm Zeit», meinte Ama Serwa. «Es dauert eine Weile, bis man sich in einer neuen Umgebung eingelebt hat.»

Maku stimmte zu, was niemanden verwunderte. Sie war wesentlich geschmeidiger und umgänglicher geworden seit dem Zwischenfall mit Asabea. Tatsächlich hatte sie noch eine ganze Weile danach Asabea mindestens viermal am Tag besucht, aber nicht etwa, um sich nach dem Fortschritt ihrer Genesung zu erkundigen, sondern um sie zu beschimpfen. Das hatte so schlimme Formen angenommen, daß Asabea eines Tages vor lauter Verzweiflung ihr verletztes Ohr gegen das Metall des Bettes geschlagen und es wieder furchtbar angefangen hatte zu bluten. Daraufhin war Maku verboten worden, ihre Schwester zu besuchen. Das schien diese aufgerüttelt zu haben. «Nimm einen Rat von mir an, Leila», sagte sie. «Hab nur Geduld und laß ihm Zeit.»

Also ertrug Leila weiterhin Koomsons kurzfristige Absagen. Die wenigen Male, die er zu Besuch gekommen war, hatte sie sich seine unablässigen Klagen über die Fahrtkosten anhören müssen.

«Ich merke bereits das Loch im Budget», stöhnte er.

Aber ihre Freundinnen machten ihr weiterhin Mut. «Nur Geduld», forderten sie sie auf. «Alles, was du brauchst, ist mehr Geduld.»

Doch Leila spürte, daß es nur eine Frage der Zeit war, wann die Bombe platzen würde.

«Ich kann jetzt nicht mehr so oft kommen», kündigte Koomson eines Morgens an. Sie lagen noch im Bett.

Leila dachte gerade daran, wie mechanisch ihr Sexleben inzwischen geworden war. Sie atmete tief durch. «Nicht mehr so oft? Willst du damit sagen, daß du vorhast, noch seltener hier aufzutauchen?»

«Das kannst du sehen, wie du willst», erwiderte Koomson achselzuckend. Gleichgültiger hätte er sich gar nicht geben können. In den folgenden zwei Monaten erschien er überhaupt nicht. Im dritten Monat begann Dan, seine Mutter mit der Frage zu quälen, wann sein Daddy denn endlich wiederkäme. Selten war Leila so verzweifelt gewesen.

«Was soll ich Dan bloß sagen?» fragte sie an Asors Stand. Sie erfuhr, daß ihre Freundinnen das Thema bereits hinter ihrem Rücken diskutiert hatten. «Um ehrlich zu sein, hege ich, und das habe ich letzte Woche auch den anderen schon gesagt, schon seit langer Zeit den Verdacht, daß dir dort irgend etwas in die Quere gekommen ist, Leila», brach es aus Lotterie-Lady heraus. «Du kannst Asor fragen. Ich habe klar gesagt, daß, wenn es nach mir ginge, du nicht einfach dasitzen solltest und warten. Fahr hin, ob du nun eingeladen bist oder nicht, bevor es zu spät ist. Ich möchte wetten, die Straßen dort sind voller hübscher Frauen, die ganz versessen sind auf einen, der ihnen einen Trauring verschafft. Geh zu ihm!»

«Macht Leila doch keine Angst. Es ist noch viel zu früh, um derart mißtrauisch zu werden. Obwohl ich mir auch meine Gedanken mache, warum er dich noch nicht eingeladen hat, ihn zu besuchen», versuchte Maku zu beschwichtigen.

«Vielleicht wegen der Mafia.» Asor schrillte wie eine Alarmsirene. «Habt ihr nicht davon gehört, daß sich in manchen Städten diese alleinstehenden, aggressiven Frauen zusammengetan haben, mit dem Ziel, den Ehefrauen, die ihren Männern an deren Arbeitsstellen folgen, das Leben schwer zu machen? Die Frau vom großen Farbengeschäft drüben am Kreisel hat erzählt, was ihrer Schwägerin passiert ist. Die Arme hat anonyme Anrufe bekommen, drei-, viermal am Tag. Manchmal sagte die Anruferin nur ‹Hallo›, atmete schwer in den Hörer und legte wieder auf. Oder sie schrie: ‹Er! Er! Er! Ihn! Ihn! Ihn!› Dann wurde der Hörer aufgeknallt.»

«Mein Gott. Das ist ja entsetzlich!» Maku stieß einen spitzen Schrei aus.

«Dann hör mal zu, was die einmal auf dem Marktplatz mit ihr gemacht haben. Sie haben einen stinkenden rohen Fisch in ihren Einkaufskorb geworfen. Am Abend haben sie dann angerufen, um sich zu erkundigen, welche Suppe sie damit für ihren Mann gekocht hätte!»

«Ey!»

«Ja. Aber was ihr am meisten Angst gemacht hat, war, daß sie von Unbekannten verfolgt wurde und auch ihr Mann keine Ahnung hatte, wer sie waren. Ist das nicht beunruhigend?»

«Warum machen die das?» fragte Lotterie-Lady, sichtlich erschüttert. «Aus Eifersucht? Weil sie unbedingt geheiratet werden wollen? Meinst du, die treiben ihr Unwesen auch hier in Accra?»

«Das könnte gut sein. Sie sind überall, aber in den kleinen Städten fallen sie mehr auf. Es hat weniger damit zu tun, daß sie auf einen Ehemann aus sind, sondern mehr damit, daß ihnen durch die Anwesenheit der Ehefrau ein potentieller Kunde verlorengeht.»

«Also wollen sie gar nicht unsere Ehemänner heiraten, sondern nur anzapfen, he?» schnaubte Serwa.

«So in etwa!» antwortete Asor.

Lotterie-Lady platzte der Kragen. «Wie kommt ihr eigentlich darauf», zeterte sie, «daß es nur das Geld des Mannes ist, worauf sie scharf sind. Einige wollen durchaus einen Ehemann und hoffen darauf, ihn dir wegschnappen zu können.» Aber sie räumte gleich darauf ein: «Ach, Leila, in deinem Fall ist das bestimmt anders. Ich meine, ich wollte nicht... tut mir leid.»

Aber Leila schien nicht beleidigt. «Es ist ja wirklich so, wenn du keinen Ring trägst, denkt jeder Depp, er hat das Recht, sein Glück bei dir zu versuchen», gab sie zu bedenken.

Asor gab ihr sofort Recht. «Ja, genau. Und was mich am meisten ärgert, ist, wenn du in ein Taxi steigst und einen Ring trägst und der Mann neben dir auf dem Rücksitz dich behandelt, als sei er allergisch gegen dich. Er hält respektvollem Abstand, weil du jemandem gehörst und deswegen unberührbar bist. Aber wehe dir, du bist ohne Ring...»

«Stimmt», mischte sich Maku ein. «Wenn du keinen Ring trägst, sind sie wie Klebstoff. Wehe, du tust etwas Unbedachtes, so wie es mir einmal passiert ist. Da hat mich einer vielleicht angemacht. Siehst du nicht, wenn ich noch weiter von dir wegrücke, daß ich dann gegen die Tür gedrückt werde? Und was ist, wenn die plötzlich aufgeht und ich herausfalle und sterbe? He? Wirst du mich dann begraben? Und als wolle er es noch bekräftigen, rückte er noch näher an mich heran und preßte buchstäblich seine Beine gegen meine. Stellt euch das vor! Beim nächsten Halt bin ich ausgestiegen.»

«Du? Ach, wirklich?» rief Ama Serwa überschwenglich. Alle lachten. «Also wünschst du dir auch manchmal, du hättest einen Ring am Finger?» traute sich Lotterie-Lady zu fragen. «Ja, natürlich», erwiderte Maku, was alle verwunderte.

Plötzlich herrschte Schweigen.

«Ist es die Sache mit Asabea, die dich so beeindruckt hat?» wollte Serwa wissen.

Doch bevor Maku antworten konnte, rief Lotterie-Lady sarkastisch: «Hoch leben die Männer! Dreimal hoch! Hipp, hipp, hurra! Sie haben gewonnen!»

«Gewonnen? Was denn?» fragte Asor.

«Alles. Wenn sogar Maku zugibt, daß sie sich ohne Ring am Finger wie, na, wie soll ich sagen, fühlt wie...»

«...als wäre sie unvollständig?» schlug jemand vor.

Maku fühlte sich schon fast in ihre alte Rolle gedrängt. «Hört doch auf, Frauen! Nur weil ich ein bißchen was zugegeben habe, heißt das doch nicht, daß ich alles akzeptieren würde.»

Asor war schnell zur Stelle. «Frauen! Laßt uns nicht damit unsere Energien verschwenden. Wir sind vom Thema abgekommen. Jetzt geht es darum, was Leila machen soll.»

«Das habe ich doch vorhin schon gesagt. Sie soll nach Takoradi fahren und nachsehen, was da los ist» beharrte Lotterie-Lady.

«Und was ist, wenn sie wiederkommt und ihr fehlt ein Ohrläppchen?» versuchte Serwa zu scherzen. Aber niemand lachte.

«Könnte es nicht sein, daß es gar keine andere Frau ist, die ihn dort festhält, sondern daß er einfach furchtbar viel zu tun hat oder vielleicht sogar krank ist?» gab Asor zu bedenken.

Ama Serwa schüttelte den Kopf. «So lange Zeit krank, ohne daß das Büro seine Frau informiert?»

Leila lächelte traurig. «Laut Akten ist die erste Frau seine Frau», erklärte sie.

«Dann fahre nach Sunyani und sieh nach, was los ist!» schlug Lady Vet vor, die wie immer später dazu gekommen war.

«Warum sollte sie den ganzen Weg nach Sunyani fahren, wenn sie in Takoradi die Dinge aus erster Hand erfahren kann?» widersprach Lotterie-Lady.

«Leila, wichtig ist, daß du herausfindest, was los ist, weil du so einfach nicht weitermachen kannst», brachte es Maku auf den Punkt.

«Ich weiß. Ich habe es nur dauernd heruntergespielt, weil ich Angst davor hatte, was ich herausfinden könnte. Aber ich glaube, jetzt ist der Zeitpunkt gekommen, um den Tatsachen ins Auge zu sehen. Das einzige Problem ist Dan. Ich will ihn nicht mitnehmen, weil ich nicht weiß, was mich dort erwartet», räumte Leila ein.

«Wir passen auf ihn auf», versprachen Serwa und Asor wie aus einem Mund. Sie sahen sich an und lachten.

«Das klingt ja gerade so, als würden wir uns mehr Sorgen machen als Leila selbst, he?» sagte Serwa nachdenklich. «Aber ich werde jemanden brauchen, der ihn von der Schule abholt.»

«Ach, er kann den kurzen Weg von der Schule zu Asors Stand alleine gehen und hier auf dich warten», legte Leila fest.

«Gut. Also komme ich nach der Arbeit vorbei und hole ihn hier ab», sagte Serwa zu Asor.

«Aber du solltest seiner Lehrerin Bescheid sagen, daß sie ihn einem der älteren Jungen anvertraut, der ihm zumindest über die Straße hilft, Leila», riet Maku. «Auf der Marktstraße ist manchmal unheimlich viel Verkehr.»

«Das mit der Schule betrifft ja nur den Freitag», wandte Leila ein. «Ich werde Freitag früh fahren und Sonntag am späten Nachmittag zurück sein.»

«Warum denn? Wozu die Eile? Wer weiß, ob dein Nachforschungstrip nicht als Honeymoon endet?» orakelte Lotterie-Lady. «Also entspanne dich und verlaß dich darauf, daß wir auch dann auf Dan aufpassen, wenn du am Sonntag noch nicht zurück bist. Ich werde Serwa ablösen, wenn sie genug hat.» Dann verkündete sie, daß sie wieder den Wagen ihres Mannes dabei hatte.

«Nimm mich mit», rief Ama Serwa. «Leila, wann, sagtest du, willst du noch mal fahren?»

«Gleich am kommenden Freitag. Warum soll ich noch mehr Zeit verschwenden?»

«Dann viel Glück. Asor, ich hole Dan am Freitag nach der Arbeit. Frauen, bis demnächst!» Sie eilte davon.

«Ach, warte doch auf mich, bitte!» schrie Maku. «Ich komme auch mit.» Sie nahm ihren Korb. «Leila, viel Glück. Und bitte komm mit beiden Ohrläppchen wieder!»

Alle lachten. Daß es von Maku selbst gekommen war, machte es ihnen leichter. Die anderen zogen auch von dannen, und Leila blieb schließlich mit Asor allein zurück.

«Asor, ich danke dir», sagte Leila plötzlich.

«Aber, aber. Nichts zu danken. Wenn eine von uns im gleichen Dilemma stecken würde, würdest du doch dasselbe tun, oder?»

Beide lächelten.

«Seh ich dich noch, bevor du fährst?»

«Auf jeden Fall!»

«Wie auch immer, ich wünsche dir jetzt schon alles Gute»

«Ich danke dir.»

X

Am Freitagmorgen packte Leila eine kleine Reisetasche, brachte Dan zur Schule, erklärte der Lehrerin die Situation und ging zum Bahnhof, um von dort ein Taxi zur zentralen Busstation zu nehmen. Sie wollte den Bus um neun Uhr nach Takoradi nehmen. Unglücklicherweise war nicht nur die Schlange am Taxistand sehr lang, sondern sie gerieten auch noch in einen Verkehrsstau, verursacht von einem LKW, der mitten auf der Straße liegengeblieben war. Als sie endlich am Busbahnhof ankam, war es bereits nach zehn. Der Bus nach Takoradi verkehrte alle drei Stunden, von sechs Uhr morgens bis sechs Uhr abends, und so setzte sie ihre ganze Hoffnung auf den um zwölf. Sie hatte sich ausgerechnet, daß sie um vier Uhr nachmittags in Takoradi eintreffen würde, früh genug, um Koomson in seinem Büro abzupassen, denn seine Adresse kannte sie nicht. Der Ticketverkauf hatte begonnen, und sie stellte zu ihrem Verdruß fest, daß andere Reisende, die nur weggegangen waren, um etwas zu essen oder sich zu erfrischen, nach und nach wieder an ihre alten Plätze in der Warteschlange zurückkehrten. Die Frau vor ihr beobachtete das und murmelte: «Wenn jetzt noch mehr kommen, werden wir wohl den Bus um drei nehmen müssen.»

«Um Gotteswillen nein, hoffentlich nicht», stöhnte Leila. «Ich fahre zum ersten Mal dorthin und muß ankommen, bevor es dunkel ist.»

Die Frau lächelte. «Sie werden überrascht sein, seit wann manche hier schon stehen. Um den Bus um neun zu kriegen, stellen sich einige schon um fünf Uhr früh an. Also versuchen Sie erst gar nicht, sich vorzustellen, wann die Leute für den Bus um sechs Uhr eintreffen. Was glauben Sie wohl, warum die Leute die Schlange verlassen, um etwas zu essen oder zur Toilette zu gehen? Also drücken Sie die Daumen, denn der Mann hinter mir...»

«Da ist noch einer vor mir?» jammerte Leila.

«Ja. Er hat sich auch Sorgen gemacht, daß er den Bus um zwölf verpassen könnte, also beschloß er, mal bei der Schlange nach Cape Coast zu gucken, falls er hier kein Ticket mehr bekommt. Von dort nach Takoradi ist es wesentlich einfacher.»

«Dann bin ich geliefert!» wimmerte Leila.

Die Frau lachte. «Junge Frau. Regen Sie sich doch nicht so auf. Er ist doch nur eine Person. Das macht auch keinen großen Unterschied mehr.»

«Hoffentlich», murmelte Leila und blickte finster drein. Sie drückte ganz fest die Daumen. Die Schlange bewegte sich langsam, aber stetig nach vorne, und allmählich sollten die Frau und Leila an der Reihe sein. «So Gott will, schaffen wir es», flüsterte sie und beobachtete die Frau am Schalter, die jetzt noch weitere Tickets aus einer Schublade holte. Vor ihnen waren noch zwei junge Weiße mit Rucksack, offensichtlich Touristen, dahinter stand eine Frau mit einem Albinokind, und dann folgte nur noch eine Frau mit zwei sehr dicken, furchterregenden Stammeszeichen, die direkt unter den Augen quer über die Wangen bis zum Kinn verliefen. Jetzt war Leila an der Reihe. Sie wollte gerade der Ticket-Lady das Geld geben, da tauchte der mysteriöse Mann wie aus dem Nichts auf, nahm seinen Platz ein und erklärte etwas verlegen: «Ich bin vor Ihnen dran!»

Leila konnte ihre Wut kaum verbergen und zischte: «Weiß ich!» Sie dachte: «Warum gibt es kein Gesetz, das verbietet, eine Schlange zu verlassen und sich später wieder an den alten Platz zu stellen?»

Zwischenzeitlich hatte die Frau ihr Ticket gekauft. Sie lächelte Leila zu und wünschte ihr viel Glück. Der Mann rückte nach, zahlte und nahm sein Ticket entgegen, doch bevor er wegging, drehte er sich noch einmal um und blickte Leila mitfühlend an. Leila verstand auch sogleich warum, denn noch bevor sie ihr Portemonnaie zücken konnte, hörte sie die Ticketverkäuferin sagen: «Ausgebucht. Bitte warten Sie auf den nächsten Bus.» Leila warf der Ticket-Lady einen vernichtenden Blick zu, der das Lächeln auf deren Gesicht erfrieren ließ, und drehte sich gerade noch rechtzeitig um, um einen letzten Blick von jenem Mann zu erhaschen, der ihr dieses Mißgeschick eingebrockt hatte. Sie dachte: «Hätte ihn doch bloß der Schlag getroffen in der Cape-Coast-Schlange!» Aber sie rief sich selbst ganz schnell wieder zur Ordnung, wünschte dem Mann nur das Allerbeste, wohin auch immer er fuhr, und sank auf den nächsten verfügbaren Stuhl. Was sollte sie mitten in der Nacht in Takoradi? Mit dem Bus um drei würde sie gegen sieben Uhr abends eintreffen, vorausgesetzt, daß das übliche afrikanische Palaver nicht dazwischen käme und sie fahrplanmäßig abfahren würden. Mit Fragen wie «Bitte, wo ist die Polizeistation, und wie komme ich dahin?» würde sie in Takoradi nur als Fremde auffallen. Dann fiel ihr ein, was die Frau in der Schlange gesagt hatte, und beschloß, den Bus nach Cape Coast zu nehmen, denn dort würde sie auf jeden Fall noch vor Einbruch der Dunkelheit ankommen. Dann könnte sie die Nacht in einem billigen Motel verbringen und die Weiterreise nach Takoradi ganz früh am Sonnabend antreten.

Morgens in Takoradi erklärte ihr der Busfahrer den Weg zur Polizeistation. Dort eröffnete man ihr, daß Koomson heute Dienst an einem Grenzposten außerhalb der Stadt versah.

«Gibt es Probleme. Sie gucken so kritisch?» fragte der diensthabende Beamte.

«Nein, eigentlich nicht», antwortete Leila.

«Sind Sie hier aus der Gegend?» fragte der Beamte.

«Nein», antwortete Leila.

«Kommen Sie von weit her?»

«Aus Accra.»

«Oh», der Beamte zeigte Verständnis, «wenn Koomson uns erzählt hätte, daß er Besuch erwartet, hätte man auch jemand anderen an seiner Stelle schicken können. Oder hat er sie nicht... hat er Sie erwartet?»

«Nein, eigentlich nicht.» Ihre knappen Antworten machten den Beamten neugierig.

«Sind Sie seine Schwester? Oder eine Verwandte?»

Leilas sechster Sinn warnte sie, sich zu verraten. «Ja, seine Schwester», log sie.

«Dann schlage ich vor, daß Sie sich vom Wachtmeister in seine Wohnung bringen lassen. Dort können sie auf ihn warten, denn es kann ziemlich spät werden, bis er zurückkommt.»

Koomsons Wohnung war ein Zweizimmerdomizil in einem großen *Compound*, der an die Polizei vermietet war.

«Wir helfen uns hier gegenseitig, eine der Polizistenfrauen wird sich Ihrer annehmen, bis Ihr Bruder zurückkommt», sagte der Wachtmeister zu Leila, als sie am Tor angekommen waren.

Er führte sie hinein. Es ging laut und lärmend zu, sie hörte, wie Mütter mit ihren Kindern schimpften, und Kinder, die sich zankten.

«Das sind alles Polizistenfrauen und deren Kinder», frotzelte der Wachtmeister, als er den fragenden Blick Leilas sah. Dann führte er sie zu einer Frau, die gerade Donuts auf der Veranda fritierte. Er bat sie, sich um Leila zu kümmern. Die Frau trug einem ihrer Kinder auf, schnell einen Stuhl für den Besuch zu holen. Ein anderes Kind brachte Leila ein Glas Wasser. «Fühlen Sie sich ganz wie zu Hause», sprach der Wachtmeister und ging davon.

Zwei Türen weiter stand eine andere Polizistenfrau und beobachtete alles. Als der Wachtmeister gegangen war, kam sie herüber und fragte ihre Nachbarin: «Ist das deine Schwester?»

«Nein. Sie will zu Koomson.»

«Ach, warum läßt du sie dann nicht in seine Wohnung, sie kann doch dort auf ihn warten. Sie kann doch nicht hier bis zum Abend sitzen und dir bei den Donuts zugucken!» Dann musterte sie Leila. «Sind Sie seine Schwester?»

Was sollte Leila antworten? Ehefrau? Schwester? Seine Schwester an seinem Arbeitsplatz, seine Frau zu Hause? Dann dachte sie, ach was, das sind doch auch Frauen. An seiner Arbeitsstelle konnte sie sich verleugnen, aber nicht in seinem zu Hause, wo sie voraussichtlich diese Nacht verbringen würde und vielleicht noch viele andere Nächte. «Ich bin seine Frau», antwortete sie. Daraufhin runzelten beide Frauen die Stirn und sahen sich nur vielsagend an, es hatte ihnen offensichtlich die Sprache verschlagen. «Vielleicht sollte ich es genauer erklären», dachte Leila. Verlegen stieß sie hervor: «Seine zweite Frau!»

Die eine Frau fing an, nervös herum zu stottern. « Ich... ich... wenn das so ist..., vie... vielleicht ist es... bes... besser, wenn du... hier... hier bleibst und wartest, oder?» Sie sah die Donut-Frau unsicher an.

Aber die fand, daß man die Angelegenheit direkt angehen sollte. «Sister, das entscheidest du. Wenn du möchtest, kannst du hier warten. Von mir aus. Die Wohnung deines Mannes ist offen, aber seine andere Frau ist da. Wenn ihr beide euch versteht, dann kannst du ja gehen.»

Leila war mehr als erstaunt über das, was sie da hörte. Sie wurde plötzlich aschfahl im Gesicht.

«Was ist los? Wußtest du nicht, daß sie hier ist?» fragte die zweite Nachbarin.

«Nein, das habe ich nicht gewußt», bestätigte Leila.

Die beiden Frauen tauschten fragende Blicke, während Leila am liebsten im Erdboden versunken wäre.

«Seid ihr nur zwei? Und bist du die zweite?» fragte die Donuts-Frau spöttisch, während die andere geheimnisvoll kicherte.

«Das müssen erste Frauen sein», folgerte Leila. «Das ist eine Verschwörung von Erstfrauen gegen eine Zweitfrau.»

Sie hörte, wie die zweite Nachbarin der Donut-Frau zuflüsterte: «Was glaubst du, was in Koomson gefahren ist?»

Es schien für einen kurzen Augenblick, als hätten sie vergessen, daß Leila anwesend war, denn sie tuschelten immer weiter. Die beiden wußten offensichtlich nicht so genau, wie die Situation am besten zu handhaben sei. Obwohl Leila sich nicht im geringsten vorgemacht hatte, daß dieser Trip hier nur in Rosarot enden würde, mit einem glücklichen und lächelnden Koomson, der sie in seine Arme schließen und ins Schlafzimmer tragen würde, überstieg das, was sie gerade erfahren hatte, ihre schlimmsten Befürchtungen. Koomson und seine erste Frau? Wann hatte sich das zwischen ihnen entwickelt? Sie unterbrach das Getuschel der beiden Frauen und gab vor, daß sie und ihre Rivalin ganz gut miteinander auskämen und sie doch lieber in der Wohnung auf ihn warten wolle. Sie zeigten ihr den Eingang und setzten ihr Geschwätz fort. Leila stand auf, um sich ihrem schwierigen Los zu stellen.

Auf der Veranda entdeckte sie einen halboffenen Schrank mit Pfannen. Daneben befand sich ein Kohlenbecken und ein kleiner Kerosinkocher. Ein abgenutzter Besen lugte hinter dem Schrank hervor, und auf der Wäscheleine vor seiner Wohnung hingen Kleidungsstücke, die Leila vertraut waren. Hier war eine weibliche Hand am Werk, das war nicht zu übersehen.

Sie zitterte, als sie die Faust anhob, um an die Tür zu klopfen. Sie wußte, daß die beiden Frauen sie nicht aus den Augen ließen, und das machte alles noch schlimmer. Besonders weil sie ihr das Gefühl gegeben hatten, nicht auf ihrer Seite zu stehen. «So habe ich mir unser erstes Treffen hier nicht vorgestellt», dachte sie und klopfte. Dann fragte sie sich, was wohl mit Madam Koomsons Kindern geschehen war, denn die schienen nicht hier zu sein.

Die Stimme, die auf das Klopfen antwortete, war so kristallklar, daß Leila sich fragte, wie die zu der bitteren Person paßte, die ihr diesen gemeinen Brief geschrieben hatte. Sie verschränkte die Arme, als sie Schritte hörte. «Toleranz», sagte sie sich, «gib dich tolerant und gutwillig. Zeige Geduld. Erhebe nicht deine Stimme. Du bist nicht eingeladen. Sei nett. Aber was ist, wenn sie fies reagiert? Was ist, wenn sie die Tür öffnet, herausfindet, wer ich bin, und mich direkt angreift? Was ist, wenn...?» Die Tür ging auf, als sie gerade instinktiv begonnen hatte, mit dem rechten Ohrläppchen zu spielen.

Ratlos blickte sich Leila zu den beiden Frauen um. Hatten sie ihr die falsche Tür gezeigt? Aber sie war wohl richtig hier, und langsam begann sie auch zu verstehen, warum die eine Polizistenfrau nicht hatte glauben wollen, daß Leila die zweite Frau war. Denn wenn diese göttliche Schönheit, diese gutgebaute, hochgewachsene junge Dame, die in der Tür stand, Koomsons erste Frau war, warum sollte er dann, wenn er bei Sinnen war, Leila als zweite Frau nehmen? Die junge Frau stand da und blickte Leila unschuldig mit großen, wunderschönen Augen an. Sie hatte wohlgeformte Hüften, einen hübschen Busen, eine so makellose Figur, daß Leila nicht glauben konnte, daß sie jemals Kinder geboren hatte. Sie schien etwas amüsiert über Leilas perplexen Gesichtsausdruck.

«Wer sind Sie?» wollte Leila wissen, der blanke Neid hatte sie gepackt. Die schöne Fremde lächelte süß, sie fand es offensichtlich ziemlich merkwürdig, daß jemand einfach daherkam und sie in ihrem eigenen Haus fragte, wer sie sei. Also gab sie mit ernster Miene die Frage zurück: «Und darf ich wissen, wer Sie sind und was Sie wollen?»

Warum stürze ich mich nicht auf sie? Leila wunderte sich über sich selbst. Warum stehe ich hier wie angewurzelt und laß ihr das gottverdammte Ohrläppchen? Sie mußte grinsen, der Neid war wie weggeflogen. Ein Mühlstein schien von ihrem Hals gefallen. Sie gewann wieder Sicherheit und Kontrolle über ihre Stimme und erklärte der schönen Fremden: «Wenn Kojo Koomson nach Hause kommt, sagen Sie ihm bitte, daß Leila hier war.»

«Leila was?»

«Einfach nur Leila. Sagen Sie Leila, Dans Mutter.» Sie wandte sich um. Dann hielt sie inne, drehte sich noch einmal um und sagte: «Ich habe Ihren Namen nicht verstanden. Wie, sagten Sie noch einmal, heißen Sie?»

Die schöne Lady-Statue erwiderte irritiert: «Sie haben mich nicht gefragt.»

«Dann tue ich es jetzt», beharrte Leila.

Die Lady legte eine lange Pause ein und säuselte, ohne mit der Wimper zu zucken: «Afrakoma.»

Leila nahm ein Taxi direkt zum Busbahnhof, und es war ihr egal, wie lange sie diesmal dort warten mußte. Die Schlange am Ticketschalter war aber gar nicht so lang. Sie nahm den Bus um zwölf Uhr mittags, fand einen Platz und machte es sich bequem. Sie mußte sich erst einmal beruhigen und nachdenken über das, was sie gerade erlebt hatte. Wenn man bedachte, wie neidisch und eifersüchtig sie beim ersten Anblick der jungen Frau gewesen war, hatte sie doch eine glatte Eins für ihre Contenance verdient, oder? Wer war sie jetzt eigentlich? Koomsons dritte Frau?

Sie war ganz in Gedanken versunken. Erst, als sie hinter sich vernahm: «Das darf doch nicht wahr sein!» drehte sie sich um und sah direkt dem Mann ins Gesicht, dem sie gestern noch gewünscht hatte, daß ihn der Schlag träfe.

«Sie schon wieder?» kreischte Leila.

«Ja. Aber diesmal hinter Ihnen», antwortete er lachend.

«Wie komisch», sagte Leila, mußte aber auch lachen.

«Ich bin Boafo», stellte sich der Mann vor und reichte ihr die Hand.

Leila ergriff seine Hand. «Ich heiße Leila.»

«Ich bin sicher, daß wir uns diesmal gut vertragen», sagte er.

Leila lächelte und musterte ihn kurz. Er war vermutlich ein bißchen älter als sie. Und höchstwahrscheinlich stammte er aus dem Westen. Sie merkte, daß er sie auch genau musterte und immer noch lächelte. Sie wurde verlegen. Sie setzten sich nebeneinander. Sie vertieften sich in ein Gespräch. In Kasoa, seiner

Heimatstadt, stieg Bofoa aus. Er versprach, von sich hören zu lassen.

Leila nahm von der Busstation ein Taxi direkt nach Hause. Sie wollte nur ihre Sachen abstellen und dann gleich zu Ama Serwa gehen, um Dan abzuholen. Doch als sie zu Hause eintraf, wußte sie sogleich, daß etwas Schlimmes passiert sein mußte. Eine Handvoll Leute saß vor ihrem Haus, und als sie Leila kommen sahen, fingen sie an zu weinen. Leila wußte sofort, was die schwarzen Kopftücher der Frauen zu bedeuten hatten, man brauchte ihr nicht zu erklären, daß jemand gestorben war. Bevor sie fragen konnte, hatte ihre Vermieterin sie schon ins Zimmer gezogen. Sie setzte Leila auf einen Stuhl und erklärte ihr: «Etwas Furchtbares ist geschehen. Wir haben dich morgen zurückerwartet. Es ist schwer, du mußt jetzt sehr stark sein. Deine Freundinnen haben sich um alles gekümmert. Einige von ihnen waren seit heute morgen da und sind gerade erst gegangen.»
«Wer ist tot?» fragte Leila ruhig.

«Oh Gott!» schluchzte die Vermieterin. «Er ist von der Schule gekommen und wollte zu Asor auf den Markt. Die Lehrerin hat ihm einen älteren Schüler als Begleiter mitgegeben, wie Sie es besprochen haben. Aber einer der Jungen hatte einen Ball dabei, den Dan in der Hand hielt. Er fiel herunter und rollte auf die Straße. Bevor sie ihn aufhalten konnten, war Dan schon losgelaufen. Dann quietschten die Bremsen. Er war auf der Stelle tot.»

«Warum?» stöhnte Leila, sie hielt sich den Bauch, brach zusammen und heulte wie ein kleines Kind.

Sie bat Asor und Serwa, Koomson zu benachrichtigen. Dan war ein Kind, und sein Leichnam durfte somit unter normalen Umständen nicht länger als zwei Tage aufgebahrt bleiben, deswegen sollte er gleich am Montag begraben werden.

Koomson kam genau eine Stunde zu spät zur Beerdigung.

Später beim Totenmahl in Leilas Wohnung, stieß Martha dazu, die an der Beerdigung wegen eines Notfalls im Krankenhaus nicht hatte teilnehmen können. Leila sah wie durch einen Schleier, daß sie Asor und Serwa zu einem kurzen Gespräch beiseite zog. Sie dachte sich nichts dabei. Koomson wirkte noch erschütterter als Leila und wurde sehr ungehalten, als Leila ihn nicht bei sich übernachten ließ.

«Du bist immer noch meine Frau!» tobte er.

«Schön, daß du dich daran noch erinnerst», sagte Leila.

Leilas Tante, die jüngere Schwester der Mutter, war zur Beerdigung gekommen. Sie fand, daß Koomson sich wie ein verwöhntes Kind aufführte und warnte: «Du beeindruckst sie überhaupt nicht, also hör auf damit!»

«Halten Sie sich doch raus mit Ihrem großen Maul. Das ist eine Angelegenheit zwischen mir und meiner Frau!» gab Koomson zurück.

Darüber mußte Leila fast lachen. Es war, als würde ein ganzes Band noch einmal abgespielt.

«Koomson. Setz dich und höre mir einmal zu», forderte ihn Leila auf.

Er gehorchte. Sie war noch immer überraschend ruhig und sehr gefaßt: «Sag mir, was habe ich noch zu verlieren? Welche Schmerzen soll ich noch aushalten? Nachdem ich es ertragen muß, mein einziges Kind verloren zu haben? Dich wärmt jetzt Afrakoma, Koomson, oder hast du noch irgendeine Hoffnung für unsere Ehe? Nun, ich nicht. Und Dan, für den ich diese Ehe noch aufrechterhalten hätte, der ist nicht mehr da. Also was nun? Weißt du, es scheint, daß das Schicksal beschlossen hat, daß der Tod unseres Sohnes dieser Ehe den Rest gibt. Also bitte, ich möchte keinen Streit. Geh zurück zu deiner neuen Lady.»

Koomson suchte verzweifelt nach einer Erklärung. «Es war meine Frau, Leila. Sie...»

Leila erhob sich. Sie ließ ihn einfach sitzen und weiterstammeln.

Am Mittwoch kamen Leilas Freundinnen, um ihr zu erzählen, daß am Tag der Beerdigung Madam Koomsons Bote einen neuen Brief gebracht hatte. Martha hatte ihn entgegengenommen. Aber an jenem Tag hatten sie Leila nicht damit belasten wollen.

«Hat man ihr wegen Dan Bescheid gesagt?» wollte Leila wissen.

Leila öffnete den Brief. Er war kurz. Und merkwürdig. Gleichwohl verstand Leila die Botschaft.

Meine liebe Rivalin,
ein einsamer Reisender, der sich auf Wanderschaft begab, erhielt die Warnung, daß er sich auf eine lange Durstrecke gefaßt machen müsse, da das wenige Wasser, das er bei sich trug, zur Neige ging und es kein neues geben würde. Der Fluß auf seinem Weg, das machte man ihn glauben, war schmutzig und verseucht, das Wasser, das er führte, nicht trinkbar. Er war sehr durstig und belastet mit dem Wissen, daß noch viele Stunden voller Durst vor ihm lagen, als plötzlich aus dem Nichts dieses frische und kühle Quellwasser vor ihm erschien. Ich überlasse es dir, dir vorzustellen, wie schnell die Entschiedenheit, den Rest der Reise ohne Wasser zu überstehen, zusammenbrach. Und wie schnell er der Versuchung nachgab, seinen Durst zu stillen. Er trank das Wasser gierig und voller Leidenschaft.
Mit den besten Wünschen.
Madam Koomson.

«Was meint sie damit?» fragte Serwa erstaunt.

«Als Koomson das letzte Mal bei ihr gewesen ist, bevor er nach Takoradi zog, hat sie ihm erzählt, daß sie eine Haushaltshilfe für ihn gefunden hatte, eine alte Lehrerin. Eine frustrierte alte Jungfer. Koomson und ich glaubten, sie hätte das arrangiert, um ihn zu kontrollieren. Wir haben sehr darüber gelacht. Dann kam Koomson dort an und auf ihn wartete die angenehmste Überraschung seines Lebens. Die alte Jungfer war alles andere als das. Es war Afrakoma, die Lady, die ich dort angetroffen habe. Eine sehr schöne Frau.»

«So weit ist sie gegangen, um sich zu rächen?» wunderte sich Asor.

«Sie war davon besessen, mich genauso zu verletzen, wie ich sie verletzt habe, glaube ich», antwortete Leila.

«Heißt das, Madam Koomson hat alles eingefädelt und Afrakoma dazu gebracht, sich an Koomson heranzumachen?»

«Ich habe einen Ring an ihrem Finger gesehen», erzählte Leila. «Ich habe mir nichts dabei gedacht. Aber wenn ich jetzt darüber nachdenke, glaube ich, daß er sie geheiratet hat.»

«Wie das?» jaulte Serwa auf. «Ohne dein Wissen?»

«Er hat mich auch geheiratet, ohne daß seine erste Frau es wußte. Erinnerst du dich nicht?»

Alle waren verstummt. Dann fragte Asor plötzlich aus heiterem Himmel: «Frauen! Erinnert ihr euch an die Geschichte von Madam Buroniwawu?»

Asor verzog das Gesicht. «Was hat ihre Geschichte mit Leila und Koomson zu tun?»

«Viel. Sie war nicht die erste Frau, die es getan hat, und sie wird nicht die letzte sein. Frauen, wenn ihr mich fragt, ich glaube, Madam Koomson hat Afrakoma ausgesucht mit dem einzigen Ziel, sie mit Koomson zu verheiraten. Leila, siehst du das nicht so?»

«Ich glaube das allmählich auch», anwortete Leila und nickte. «Vielleicht hat sie eine Abordnung zu Afrakomas Familie geschickt, um ihr zu erklären, warum ihr Gatte eine neue Frau brauche, und sie um ihre Hand zu bitten. Und welche zweite Ehe verdient einen größeren Segen als eine, die von der ersten Frau arrangiert und finanziert wird?»

«Du glaubst, sie hat auch den Brautpreis und alles andere gezahlt?» wollte Serwa wissen.

«Das glaube ich nicht nur. Ich bin sicher, daß es so war. Ich kenne meinen Koomson. Er hätte sich den Brautpreis gar nicht leisten können, den Afrakomas Familie ganz bestimmt gefordert hat. Sie ist so schön. Ich mußte ihm damals schon aushelfen, daß er den Brautpreis für mich bezahlen konnte, wißt ihr. Und meine Leute, die dankbar waren, daß überhaupt einer kam, der mich heiraten wollte, haben nicht viel verlangt. Ich habe mich deswegen so geschämt, daß ich euch davon gar nichts gesagt habe. Madam Koomson hat ihn auf einem Silbertablett serviert, ein Angebot gemacht, das man schlecht abschlagen konnte. Stell dir nur vor, was sie für eine Unruhe gestiftet hat mit dieser Lehrerinnen-Lüge. Und dann platzt sie herein mit ihrem neuen Vorschlag. Wenn du, Koomson, mir gehorchst und nicht zuläßt, daß Leila dich hier in Takoradi besucht, dann werde ich dich diese Göttin heiraten lassen. Sie wird dir allein gehören, und ich übernehme die vollen Kosten.»

«So muß es gewesen sein», bemerkte Asor.

«Ja, das glaube ich auch», gab Serwa zu.

Leila murmelte nachdenklich: «Sie hat sich eine für ihn ausgesucht, der er gar nicht widerstehen konnte und mit der auch ich nicht konkurrieren konnte. Ich bin Krankenschwester, sie ist Lehrerin. Ich bin älter als sie, sie ist schöner als ich.»

«Sie hat sie gekauft!» Ama Serwa spuckte aus.

«Wie immer man es sehen mag, sie stellte sicher, daß ich auf der ganzen Linie verloren habe. Und ich vermute, daß das Schicksal sich ebenfalls auf ihre Seite gestellt hat, denn ohne Dan verbindet mich mit Koomson überhaupt nichts mehr. Für den Rest meines Lebens werde ich mich fragen, ob Dan noch leben würde, wenn ich nicht nach Takoradi gefahren wäre. Ich habe in jeder Beziehung verloren.»

«Vielleicht auch nicht», versuchte Asor zu trösten.

Am nächsten Tag wachte Leila früh auf und besprach sich mit ihrer Tante. Die hatte geplant, mindestens noch eine Woche bei Leila zu bleiben.

Am Vormittag ging Leila zu Asor, Ama Serwa und Maku und bat sie um Unterstützung. Am Nachmittag zogen die Freundinnen und Leilas Tante zu Koomson, der bei einem Freund übernachtet hatte. Sie hatten Leilas Ehering dabei und eine Flasche Schnaps. Koomson war schockiert und bat sie, Leila umzustimmen.

«Das war das Werk meiner ersten Frau», klagte er. «Afrakoma ist schön und alles, aber sie respektiert mich überhaupt nicht, denn alles, was sie will, bekommt sie nicht von mir, sondern von meiner Frau. Es ist, als sei Afrakoma mit ihr verheiratet und nicht mit mir, sie lebt nur bei mir, um mich sexuell zu befriedigen und davon abzuhalten, mich woanders umzusehen. Bitte sagt Leila das. Bitte. Meine erste Frau hat uns das aufgezwungen.»

«Ach, hat sie dir das Messer an den Hals gesetzt? Willst du das behaupten?» höhnte Maku.

Koomson wurde wütend. «Ich dachte, daß du inzwischen etwas dazugelernt hast und deine Ratschläge für deine eigene Familie aufhebst, damit sie nicht ihre Ohrläppchen verlieren...»

«Mr. Koomson», unterbrach ihn Leilas Tante. «Wir sind nicht hierher gekommen, um uns mit Ihnen zu streiten. Freunde von

Ihnen sind gekommen und Sie haben meine Nichte geheiratet. Jetzt kommen ihre Freunde und ich, um die Ehe aufzulösen. Hier ist Ihr Ring. Und gemäß der Tradition eine Flasche Schnaps. Wir sind fertig.»

Sie erhob sich und ging. Alle anderen folgten.

Das Ende eines Ehekapitels.

Epilog

Sechs Monate später.

An Asors Stand herrschte wieder munteres Treiben. Es war Klatsch- und Tratschstunde. Sie riefen alle durcheinander:

«Ach, Gott! Wir danken dir für diesen Stand Nummer 505...»

«...wo wir vom besseren Geschlecht, die in der Überzahl sind...»

«...uns immer treffen»

«...und unsere Männer hinter ihren Rücken beschimpfen...»

«...und uns gegenseitig den Rücken stärken können!»

Als das fröhliche Durcheinander abebbte, fragte Asor: «Na, Maku, wie geht es eigentlich Asabea?»

«Ach, es geht ihr nicht besser, eher schlechter. Sie sagt, daß sie immer noch kein Interesse an Männern hat. Sie arbeitet immer noch wie eine Verrückte im Salon. Und immer noch mit nur einem Ohrläppchen!»

Alle lachten. Das Ohrläppchen war inzwischen zu einem Running Gag geworden.

«Und Leila, glaubst du, daß Madam Koomson jetzt glücklich ist?» fragte Ama Serwa.

«Müßte sie eigentlich. Sie hat doch bekommen, was sie wollte, oder?»

«Und was ist mit Boafo? Hast du nicht gesagt, er wäre Single?»

«Sehe ich aus wie jemand, der auf einen verheirateten Mann aus ist?» sagte sie und erntete fröhliches Gelächter. «Wir haben uns getroffen. Er hat verstanden, daß ich erst einmal Zeit für mich brauche. Aber nächstes Wochenende kommt er und holt mich ab. Wir fahren zu ihm nach Hause. Er ist Witwer. Er fährt oft nach Takoradi, um seinen Sohn zu besuchen, der dort bei seiner alten Mutter lebt.»

Das weckte Makus alten Zynismus. «Du meinst, er hat seine Frau verloren, wollte keine Frau mehr, hat dich kennengelernt und plötzlich, bumm! wollte er dich! Aber du brauchst Zeit, um alles zu überwinden, und er sagt, gut, ich warte. Und hat bis jetzt gewartet? Ganze sechs Monate?»

«Ich werde es nicht wissen, bevor ich es nicht ausprobiere», antwortete Leila. «Aber keine Angst. Ich stehe mit beiden Beinen fest auf dem Boden!»

Dann fing Ama Serwa an zu jammern, auch sie habe ein Problem. «Meine Schwiegermutter hat sich wieder eingeladen!»

«Schon wieder!» ertönte es im Chor.

«Ja, Frauen. Schon wieder. Und wollt ihr wissen, was sie diesmal verlangt? Palmnußsuppe mit geräucherter Fledermaus!»

«Aaaaaaaaah!!!!»

Das Hausmädchen
von Amma Darko

I

Wenn du in Ghana als eine Sie auf die Welt kommst, dann lerne am besten gleich zu beten. Und sieh zu, daß du es perfekt beherrschst. Denn du wirst es brauchen, ganz dringend: wenn das Alter sich deiner auf seine unbarmherzige Weise bemächtigt und Mutter Naturs Meisterhand sich mit gequältem Lächeln an dich heranmacht, Farbe und Pinsel im Anschlag, um dich mit Falten zu überziehen... Wenn obendrein deine Kinder in ihrem verzweifelten Kampf um ihr eigenes wirtschaftliches Überleben keine Zeit mehr für dich haben und dich dem Status der «Verlassenen und Vergessenen» anheimgeben. Wenn zur Krönung all dessen das Bargeld, das liebe, süße Bargeld beschlossen hat, daß du nicht gerade sein Typ bist, und dich deshalb meidet, wo es nur geht, dann kannst du sicher sein, daß du auf dem besten Wege bist, dich als Hexe zu qualifizieren. Für die verzagte Witwe, die ehemals quicklebendige *Akpeteshie*-Verkäuferin, die jetzt mittellos, alt und einsam dasteht, begann der Weg in die «Hexerei», als eines ihrer Enkelkinder *Kwashiorkor,* einen aufgetriebenen Bauch, bekam.

In eine Schlange habe sie sich verwandelt, die jetzt im Bauch dieses armen Kindes hause, warf man ihr vor.

Dann bekam ein anderes Kind einen Kropf und die Leute im Dorf rote Augen.

«Was gefällt ihr daran, sich im Körper ihrer Enkelkinder einzunisten?» fragten sie. Und sie erklärten sie offiziell zur Hexe. Dann vertrieben sie die Frau in eine abseits gelegene Hütte am Rande des Dorfes und überließen sie der Gnade einiger weniger Mitfühlender, die ihr auf dem Weg zu ihren Feldern ein paar Essensreste daließen.

Es führten mehrere Pfade zu verschiedenen Farmen an ihrer Hütte vorbei, aber dahinter befand sich nur der Busch. Deshalb wurde sie auch gleich mißtrauisch, als sie den dichten Strom von schwarzen Ameisen bemerkte, der aus dem Dickicht hinter ihrer Hütte hervorkam. Sie äußerte ihren Verdacht und erntete dafür, was jeder «Hexe», die etwas so Schwerwiegendes behauptet, zukommen muß: Hohn und Spott!

«Warum schaust du nicht in deinem Zaubertopf nach», riet man ihr, «könnte es nicht sein, daß ein paar deiner Kröten vorzeitig den Tod gefunden haben, als sie sich auf und davon machen wollten?»

Brüllendes Gelächter.

Aber die alte Witwe blieb beharrlich, sie bestand auf einer Durchsuchung des Dickichts. Als jedoch nichts geschah, brach sie mit den Regeln ihrer Isolation und erschien vor dem Haus des Dorfältesten.

Sie versetzte dessen gesamte Familie in helle Aufregung. Was außer Unglück konnte es bringen, wenn eine Hexe im Morgengrauen in deiner Tür stand? Am besten gab man ihrem Wunsch nach und wurde sie auf diese Weise gleich wieder los. Es wurde also eine Suche angeordnet.

Den jungen Männern, denen diese Aufgabe zufiel, paßte das überhaupt nicht.

«Wenn wir nichts finden, jagen wir sie noch tiefer in den Busch», drohten sie.

Aber kaum erreichten sie den Rand des Dickichts, kam ihnen schon dieser faulige, durchdringende Geruch entgegen.

Die Suche gewann an Leidenschaft.

Schließlich stolperten sie über die grausigen Überreste des verrottenden Leichnams eines neugeborenen Mädchens.

Das Dorf geriet in völligen Aufruhr.

Wer hatte das getan? Wessen Kind war das? Welch abscheuliche, unverzeihliche Tat! Wie konnten die Götter so etwas zulassen?

«Glaubst du, es war schon tot, als es ausgesetzt wurde?» fragte der eine.

«Das hoffe ich. Ich möchte mir nicht vorstellen, daß es ausgesetzt wurde und noch geatmet hat», antwortete ein anderer.

«Gott stehe uns bei!»

«Ja. Und dann sollen die Götter den Schuldigen ausfindig machen. Das wäre echte Arbeitsteilung.»

Braha war ein zu kleines Dorf für eine eigene Polizeistation, also wurde die Polizei aus dem nächstgrößeren Ort, Osiadan, verständigt. Diese wiederum erstattete Bericht an die Bezirkspolizei, die sofort zwei Beamte entsandte.

Am nächsten Morgen hatte sowohl die staatliche als auch die private Presse Wind von der Geschichte bekommen und sie zu Schlagzeilen verarbeitet.

Haben die Götter geschlafen? fragte eine der privaten Zeitungen. Und eine andere forderte: *Man muß die Mutter finden. Hängt sie!* Die beiden staatlichen Zeitungen gaben sich etwas sachlicher. *Warum hat sie das getan?* wollte die eine wissen. Und die andere titelte: *Mutterschaft auf dem Prüfstand!* Es wurde zur fieberhaften Suche nach der Mutter aufgerufen, jeder, der nur den geringsten Hinweis hatte, wurde dringend gebeten, sich mit der nächsten Polizeistation in Verbindung zu setzen.

Unterdessen entdeckten zwei Jungen bei ihrer täglichen Suche auf der Müllhalde eine rote Plastiktasche. Darin fanden sie eine verschlissene buntgeblümte Bluse, beige Nylonunterwäsche und eine verblichene Decke. Alles war getränkt mit Blut und einer anderen Flüssigkeit, die die beiden Jungen nicht identifizieren konnten. Sie nahmen die Sachen dennoch mit, denn sie hatten schon vieles in weitaus schlimmerem Zustand gefunden, was sich als gut und brauchbar erwiesen hatte.

Zu Hause übergaben sie alles ihrem zehn Jahre alten Kindermädchen, der Schwester eines der Jungen. Diese weichte es in einem Eimer Wasser ein und wartete darauf, daß ihre Mutter vom Markt zurückkam und ihr 200 Cedis für ein Stück Seife geben würde, mit der sie die Klamotten waschen konnte.

Inzwischen hatte sich die Geschichte wie ein Lauffeuer verbreitet, und an allen Ecken und Enden wurde darüber gestritten, so daß das bis dahin unbekannte kleine Dorf im Osten Ghanas plötzlich in aller Munde war.

An der Busstation am Zentralmarkt in Kumasi, der Stadt, in der die beiden Müllsucher ihren Fund getätigt hatten, rief ein junger Karrenschieber, der einer Frau gerade Yamsknollen auflud, in die Menge: «Wenn es nach mir geht, dann sollen sie der Mutter, wenn sie sie geschnappt haben, den Bauch aufschneiden, die Gebärmutter zweiteilen und sie eins, zwei, drei runterschlucken lassen.

«Genau!» stimmte ein anderer blutrünstiger Karrenschieber zu, der gerade mit einer Tomatenverkäuferin verhandelte, «und das möglichst ohne Betäubung.»

«So ein Quatsch», mischte sich die Tomatenverkäuferin ein, die das in ihren Ohren schwachsinnige Geschwätz der Männer nicht länger mit anhören konnte. «Ich kann mir schon vorstellen, daß ihr zwei junge Bürschchen genauso werdet wie der verantwortungslose Kerl, der die arme Frau geschwängert hat.»

«Madam! Ähm!» Dem ersten Karrenschieber schien es ernsthaft die Sprache verschlagen zu haben. «Wer sagt denn, daß er verantwortungslos war? Und was hat er überhaupt damit zu tun, daß das Baby ausgesetzt wurde?»

Das brachte die Frau mit den Yams so in Rage, daß sie wütend ausspuckte, dabei landete das zweifelhafte Produkt direkt auf dem Fuß des Karrenschiebers. Der schäumte vor Ekel, was die Yams-Frau einen Dreck scherte.

«Oh, du heiliger Narr!» schrie sie. «Du glaubst wohl, die Mutter hat einfach nur dagesessen, die Beine breit gemacht, und der liebe Gott im Himmel hat ihr das Baby reingeschoben, oder was?»

«Oh!» Der zweite Karrenschieber konnte sich jetzt nicht mehr zurückhalten. «Was soll das? Hat mein Bruder etwa gesagt, es war gar kein Mann, der sie geschwängert hat? Geht es darum?»

«Gute Frage, Bruder. Sag das noch mal.» Ein Taxifahrer, der in der Nähe parkte und sich gerade an gekochtem Mais und gesalzener Kokosnuß gütlich tat, mischte sich ein: «Warum versuchen Frauen immer, die Tatsachen zu verdrehen? Es geht doch darum, warum sie erst ein Kind zur Welt gebracht und dann in den Busch geworfen hat, nicht...»

«Halt den Mund! Halt bloß den Mund!» schäumte die Tomatenfrau. «Warum müßt ihr nur immer derartigen Blödsinn zum Besten geben, nur um euch raushalten zu können?»

«Raushalten? Bitte, Ma'ame», höhnte der zweite Karrenschieber und wandte sich an den Taxifahrer: «Kannst du verstehen, warum Frauen immer dann, wenn es Probleme mit Sex gibt, so tun, als ob nur die Männer Spaß daran hätten?»

Der Taxifahrer applaudierte heftig. «Du hast den Nagel auf den Kopf getroffen, Brother.» Der Beifall brachte die Tomatenverkäuferin erst recht in Rage.

«Das führt zu nichts», schleuderte sie ihnen entgegen und ließ ihren Ärger am Karrenschieber aus.

«Entweder du akzeptierst mein Angebot, oder wir beide kommen nicht ins Geschäft.»

«Was ist nun los?» kreischte der Schieber. «Ach! Bist du jetzt etwa sauer auf mich wegen dem, was ich gesagt habe?»

«Warum sollte ich?» erwiderte sie sarkastisch. «Die arme Mutter des Babys, wer auch immer sie sein mag, ist keine Verwandte von mir, warum sollte ich wegen ihr sauer auf dich sein? Alles, was mich interessiert, ist möglichst wenig für den Transport meiner Tomaten zu bezahlen. Mehr nicht!»

Die Karrenschieber – allesamt Männer – sahen ein, daß es besser war, ihre Kunden – allesamt Frauen – nicht noch mehr gegen sich aufzubringen.

«Na gut, Brother, dann will ich lieber meine große Klappe halten, bevor sich meine Frau Kundin hier für einen anderen entscheidet, der ihre Yams transportiert», witzelte der erste Schieber.

Alle begannen zu lachen.

Andernorts jedoch, wo sie erzählt wurde, fand man diese Geschichte nicht zum Lachen.

An einer nahegelegenen Taxihaltestelle neben dem Marktplatz wurde es sogar sehr ungemütlich, als zwei Fahrer darüber stritten, wer nun der oder die Schuldige war.

«Die Frau» schrie ein Mann. «Es kann nur die Frau sein. Es ist immer die Frau. Wer hat denn die erste Sünde der Welt begangen?»

«Nein, der Mann ist schuld!» widersprach die Tigernußverkäuferin, ein junges Mädchen von etwa neunzehn Jahren. «Ihr braucht euch nur mal meine Schwester anzuschauen. Sie ist erst sechzehn und schon mit dem zweiten Kind schwanger. Der Mann, der für das erste verantwortlich ist, verschwand, sobald er davon erfuhr. Und der zweite auch. Das war aber ein wirklich netter Mann... bis zur Schwangerschaft. Aber dann fing auch er an, komisch daherzureden. «Ach, ich hab's doch nur einmal mit dir richtig gemacht», äffte sie ihn nach. «All die anderen Male hab ich doch mein Ding rausgezogen, bevor es mir kam! Und dann erklärte er, daß er – nein, nein, nein – nichts damit zu tun haben könne. Also, was wollt ihr? Sechzehn, zwei Kinder, keinen Mann, keinen Job. Ich sage euch: Grund genug, ein Baby auszusetzen, oder?»

«Dann sollte man vielleicht beide, den Mann und die Frau, verantwortlich machen», warf ein männlicher Passant ein.

An diesem Punkt hakte der greise Buchhalter ein, der die ganze Zeit hinter seinem wackeligen Schreibtisch gesessen hatte, und sprach ganz ruhig: «Wir wissen nicht genau, was passiert ist. Wir wissen nicht, warum das passiert ist. Oder wie. Es könnte auch jemand ganz anderes verantwortlich sein. Wer weiß? Vielleicht sogar einer von uns hier. Wir sollten nicht darüber urteilen, wer Schuld hat und wer nicht. Wer weiß? Immerhin...»

«Was? Was hast du noch mal gesagt, alter Knabe?» Der andere Fahrer konnte sich nicht mehr zurückhalten. «Verschone uns mit deinem endlosen Wer-weiß-Geschwätz, ja? Es ist doch ganz klar, worum es geht, warum drumherumreden? Die Frau war eine Prostituierte, die nicht aufgepaßt hat. Dann hat sie gemerkt, daß das Baby ihr Geschäft ruinieren würde, und sich seiner entledigt im Dickicht des Busches. So einfach ist das. Schrecklich, so etwas zu tun. Und nur eine Hure, ein Teufelsweib, eine durch und durch schamlose Frau ist dazu fähig.»

«Oder jemand ganz anders», insistierte der Greis mit ruhiger Stimme. «Du würdest dich wundern, wenn du wüßtest, aus welchen Gründen die Menschen manche Dinge tun.»

«Was für Dinge?» fragte der Fahrer. «Alter Junge, du redest einfach nur Blödsinn. Und erkläre mir mal eines: Warum sollten wir dich überhaupt ernstnehmen? Wir kennen dich doch. Aus deinen besten Zeiten, als der Polizist die kleine Schwester deiner Frau geschwängert hat. Hast du da nach irgendwelchen Warums und Wies gefragt? Hast du nicht vielmehr deine beiden kraftstrotzenden Söhne zu den Baracken geschickt, um ihm Gerechtigkeit widerfahren zu lassen? Soll ich noch mehr erzählen?»

An diesem Punkt fand der erste Fahrer, daß der zweite Fahrer jetzt nicht nur vom Thema abschweifte, sondern sich auch unverschämt gegen den alten Mann aufführte.

«Was hat die Geschichte von der kleinen Schwägerin mit diesem Fall hier zu tun, Brother?» mahnte er. «Oder willst du ihn nur so aus Spaß beleidigen?»

Der zweite Fahrer war wirklich erstaunt, daß sein Kollege sich so klar gegen ihn stellte.

«Suchst du Streit mit mir? Okay, das ist kein Spaß. Wenn man mit dem, alt und weißhaarig wie er ist, kein vernünftiges Wort reden kann, dann soll er...»

Boing! Der erste Schlag landete direkt im Gesicht des zweiten Fahrers. Ein weiterer folgte direkt darauf, traf seine Nase und setzte ihn kurzfristig außer Gefecht. Doch dieser berappelte sich schnell – oder glaubte das zumindest – und holte zum Gegenschlag aus. Der verfehlte das angepeilte Ziel, den ersten Fahrer, und landete statt dessen auf den Lippen eines armen Mannes, der nur so herumstand und seinen Gedanken nachhing. Der fuhr erschrocken herum und befühlte seine blutende Lippe. Warum zum Teufel ließ man ihn nicht in Ruhe? Und ohne genau hinzusehen, schlug er wütend und blindlings zurück. Es interessierte ihn nicht, wo der Schlag landete. Der so zufällig Getroffene schrie etwas Obszönes, faßte an sein geschwollenes Auge und holte ebenfalls zum Schlag aus. Fäuste flogen nur so durch die Luft.

In diesem Augenblick kam Mami Korkor vorbei, die Fischhändlerin, erschöpft von einem langen Markttag. Sie befand sich auf dem Nachhauseweg. Sie bemerkte die Kampfspiele – heute gratis für alle –, kehrte schnell um und machte lieber einen Umweg. Das war immer noch besser, als einen unwillkommenen Hieb zu riskieren.

Ihre Verspätung ärgerte ihre Tochter Bibio, die Mami Korkor schon auf halbem Wege entgegenkam. Gemeinsam gingen sie zurück zum Compound, wo sie eine Hütte bewohnten. «Ich warte schon seit ewigen Zeiten. Was ist los? Ich dachte schon, du kommst nicht mehr!» pflaumte sie ihre Mutter an, die es für das Beste hielt, überhaupt keine Antwort zu geben.

Bibio wurde noch unverschämter und erbat, nein forderte 200 Cedis für ein Stück Seife.

«Wozu brauchst du Seife?» fuhr Mami Korkor sie an.

«Dein Sohn und sein Freund, die haben etwas von der Müllhalde mitgebracht, das ich waschen muß», erwiderte die zehnjährige Bibio, die aussah, dachte und sprach wie eine Fünfzehnjährige.

Mami Korkor musterte ihre Tochter kurz und wünschte sich, ihr ein besseres Leben bieten zu können.

Bibio ihrerseits machte kein Geheimnis daraus, wie sehr sie das Leben, das ihr von Geburt an beschieden war, verachtete, und ließ keine Gelegenheit aus, ihre Mutter wissen zu lassen, daß sie sie von ganzem Herzen für ihr beschissenes Dasein verantwortlich machte.

«Wühlen sie noch immer auf der Müllhalde herum? Habe ich dir nicht gesagt, du sollst es ihnen verbieten?» sagte die Mutter vorwurfsvoll.

Das war nun das letzte, was Bibio hören wollte. Und schon gar nicht von der Person, die sie in dieses Elend hineingeboren hatte.

«Mami Korkor», so nannte Bibio ihre Mutter immer, wenn sie schlecht gelaunt war, «welchen der beiden Jungen habe ich eigentlich zur Welt gebracht?»

«Nicht in diesem Ton, Bibio», warnte Mami Korkor eisig.

Bibio kicherte.

«Pech für dich. Du hättest mich zur Schule schicken sollen, damit man mir Manieren beibringt. Aber da du mich lieber zu Hause läßt, damit ich Mama für deine Kinder und die Söhne deiner Freunde spiele, für Kinder, die nur drei Jahre jünger sind als ich, wo sonst als auf der Straße soll ich meine Manieren lernen?»

Mami Korkor fehlten die Worte.

«Und vergiß bitte eines nicht, Mami Korkor, daß diese Bluse, die ich trage, ebenfalls von der Müllhalde stammt.»

Mami Korkor war erschüttert, wie Bibio sich aufführte. Ihre Tochter wuchs auf der falschen Seite der Welt auf, das wußte sie. Aber was konnte sie daran ändern? Sie mußte Fisch verkaufen von Morgengrauen bis Sonnenuntergang und verdiente gerade genug, um sich und ihre vier Kinder zu ernähren. Sie war allein verantwortlich, vom Vater kam nicht ein Pesewa.

Aber Bibio sah das alles anders.

«Warum hast du, als du nach Nerteley gemerkt hast, was für ein verantwortungsloser Kerl er war, nicht aufgehört und mit ihm Akai, mich und Nii Boi gemacht?»

Aus Bibios beschränkter Sicht befand sie sich immer im Unrecht, überlegte Mami Korkor.

Sie gab dem Mädchen die 200 Cedis.

Am nächsten Morgen hingen die frisch gewaschene geblümte Bluse, der Unterrock und das Tuch auf der Wäscheleine. Die Sachen waren alt, aber man konnte sie noch tragen. Es ist traurig, dachte Mami Korkor. Und verfluchte innerlich den Vater ihrer Kinder. Dann nahm sie ihren Korb und machte sich auf den Weg zum Markt.

Inzwischen war die Polizei mit Informationen überschwemmt worden, von denen sich einige als nützlich erwiesen hatten.

Die Zeitungen hatten ebenfalls ein paar Hinweise aufgegriffen, eigene Recherchen angestellt und waren mit unterschiedlichen Versionen und Vermutungen herausgekommen. In allen Darstellungen bestand allerdings an einem Punkt kein Zweifel: nämlich an der Kleidung, in der die Verdächtige zuletzt gesehen worden war. Als Mami Korkor darüber las, zuckte sie zusammen, fluchte dreißig Mal, überhäufte den Satan mit Beleidigungen, weil er ihr noch mehr Sorgen vor die Haustür gelegt hatte, als sie ohnehin schon mit sich trug, bestellte die Cassavaverkäuferin, die Chefklatschtante des ganzen Marktes, über ihren Fischgroßhändler zu sich und beichtete dieser, daß die Kleider, über die alle Welt sprach, in diesem Moment auf ihrer Wäscheleine zum Trocknen hingen. Die Cassavafrau wurde ihrem Ruf gerecht. Mami Korkor war bald darauf von zahlreichen Ratgeberinnen umringt.

«Geh schnell nach Hause und verbrenn die Sachen», empfahl die Auberginenverkäuferin. «Und sage deinen Kindern, sie sollen niemandem etwas davon erzählen», fügte die Salzverkäuferin hinzu.

«Nein!» Die Okrahändlerin war ganz anderer Meinung. «Geh und laß sie alles zurück auf die Müllhalde bringen.»

Aber Mami Korkor tat, was ihr Verstand befahl.

Sie holte ihren Sohn, dessen Freund und Bibio mitsamt der Sachen und machte sich auf den Weg zur Polizeistation. Ein etwa sechzehnjähriges Mädchen saß vor dem diensthabenden Beamten und kaute wie wild auf ihren Nägeln. Sie sprach kein *Ga*, jene Sprache, in der sich Mami Korkor mit dem Beamten verständigte.

Der Beamte nahm Mami Korkors Aussage auf und ließ sie von einer Sekretärin abtippen. Dann sagte er zu Mami Korkor: «Wir danken Ihnen, daß Sie gekommen sind, Madam. Das bringt uns bestimmt weiter. Jetzt darf ich Ihnen diese junge Dame hier vorstellen.» Und er zeigte auf das Mädchen. «Das ist Akua, sie gab uns den entscheidenden Hinweis auf die Kleider. Sie wohnte mit einer Freundin namens Efia zusammen. Als die eines Tages verschwand, trug sie genau diese Kleider. Und sie war hochschwanger.»

II

Nie hätte es sich Tika träumen lassen, im reifen Alter von fünfunddreißig noch alleinstehend und kinderlos zu sein.

Sie lebte mit Efia, ihrem Hausmädchen, in einem Zweizimmerreihenhaus. Es gefiel ihr auch nicht besonders, häufig durch ganz Afrika zu sausen und Waren hinterherzujagen, die sie in Ghana verkaufen konnte. Auch die Gewohnheit, mit allen möglichen Männern gleich ins Bett zu steigen, wenn es nützlich schien fürs Geschäft, brachte ihr keinen Spaß mehr. Aber das Schicksel, so schien es, hatte es so gewollt, von jenem nun etliche Jahre zurückliegenden Tag an, als sie sich zum allerersten Mal verliebte.

Sein Name war Owuraku. Sie waren beide achtzehn, als sie sich kennenlernten. Sie hatten gerade die zehnte Klasse beendet und warteten gespannt auf die Ergebnisse ihrer Abschlußprüfung. Als die Noten bekanntgegeben wurden, stellte sich heraus, daß Owuraku überragend abgeschnitten hatte und in die Oberstufe versetzt wurde. Tika hingegen war durchgefallen.

«Willst du die Prüfung wiederholen?» fragte Owuraku.

«Nein, bestimmt nicht!» antwortete Tika gelassen.

Dabei dachte sie an ihre Mutter, Madam Efi.

Diese war komplette Analphabetin, steinreich und von großen Schuldgefühlen geplagt.

Im Alter von zweiundzwanzig Jahren hatte sie eine heimliche Affäre mit einem verheirateten Mann begonnen, der vierundzwanzig Jahre älter war als sie. Seine Frau konnte wegen einer früheren Abtreibung keine Kinder bekommen, wie gemunkelt wurde. Dann wurde Efi schwanger. Und der Mann fühlte, daß die Verpflichtung gegenüber seinem ungeborenen Kind über die Treue zu seiner Ehefrau zu stellen war. Er verließ seine Frau.

«Den Rest meines Lebens werde ich leben für dich und unser Kind», versprach er Efi. «Ich werde dich in einem Geschäft unterbringen. Ich werde dich reich machen. Ich werde jeden Pesewa , der mir in die Finger kommt, in dich investieren. So daß du eines Tages, wenn ich alt bin und nicht mehr arbeite, für mich und unser Kind sorgen kannst.»

Kurz nach Tikas Geburt besorgte er einen großen Laden für Efi und füllte ihn mit bedruckten Stoffen. Im dritten Jahr war Efi bereits eine jener jungen wohlhabenden Marktmammies. Und junge, gutaussehende Goldgräber hatten begonnen, um ihre Aufmerksamkeit zu werben. Die Manneskraft ihres Gatten ließ inzwischen ohnehin zu wünschen übrig, und so gab sie nach. Das Motto lautete: gutes Geld gegen guten Sex. Zufriedenheit mit ihrem Leben spiegelte sich in ihren Augen. Ihr Ehemann mißverstand dies als Liebe.

«Jetzt haben wir erreicht, was wir uns vorgenommen haben», sagte er und sah ihr dabei zärtlich in die Augen. «Wir können anfangen, unser Leben wirklich zu genießen, oder?»

Zu seinem Entsetzen brach Efi in verächtliches Gelächter aus.

«Was für ein Leben genießen? Was gibt es zu genießen mit einem Schlappschwanz?»

Die Streitereien nahmen ihren Anfang. Fortan verging kein Tag ohne Zwist. Die kleine Tika bekam alles mit.

Eines Tages kam sie von der Schule nach Hause und fand das Haus in Aufruhr. Alle waren schwarz gekleidet und weinten. Dann rief Efi Tika zu sich, erklärte ihr, was Tod bedeutet, und teilte ihr mit, daß ihr Vater gestorben war.

«Hast du das gemacht, daß er tot ist?» fragte Tika unschuldig.

Efi war erschüttert.

Jahre später erfuhr Tika, daß ihr Vater, zwei Tage bevor er starb, versucht hatte, zu seiner ersten Frau zurückzukehren. Aber die bitter gekränkte Ex-Frau überhäufte ihn mit allen erdenklichen Beleidigungen.

«Begrabe auch nur den leisesten Schimmer der Hoffnung auf eine mögliche Versöhnung in einem millionenmeilentiefen Loch!» erklärte sie. «Und sorge dafür, daß du mir, solange wir leben, niemals mehr über den Weg läufst oder auch nur auf meinen Schatten trittst. Auch zu der Zeit, als du noch funktionierst hast, habe ich dich da gebeten, zurückzukommen, nachdem du mich verlassen hast für deine Hühnersuppe? Wie könnte ich es jetzt, wo du nichts weiter bist als ein elendes Stück Kartoffel!»

Sie wünschte ihm die Lepra an den Hals, sollte er ihre Warnungen nicht befolgen, und zerbrach sechs rohe Eier vor seinen Füßen, um sich der Macht der Götter zu versichern. Das war zuviel für sein Herz gewesen.

«Hättest du ihm nicht den Laufpaß gegeben, hätte er nicht zu ihr gehen müssen», erklärte Tika ihrer Mutter.

Eines frühen Morgens weckte Efi ihre Tochter.

«Ich möchte dir helfen, ein Geschäft aufzubauen», bot sie Tika an.

«Einen Laden?» fragte Tika.

«Nein. Aber du bekommst von mir einen Großhandel. Du besorgst Waren aus allen Nachbarländern. Die Einzelhändler beziehen ihre Waren von dir.»

Ein Geschäftsfreund brachte Tika alles Wesentliche bei. Efi schrieb Tika einen dicken Scheck als Startkapital aus.

Besessen davon, vor allem Owuraku zu beweisen, welches Erfolgspotential in ihr schlummerte, ihrer peinlichen schulischen Vorstellung zum Trotz, investierte Tika alles in ihr Geschäft ihre Intelligenz, ihre Energie... ihre Würde. Sie hatte Erfolg, und als Owuraku die Universität besuchte, konnte ihn Tika mit allem versorgen konnte, was er brauchte.

«Du hast vielleicht Glück!» nahmen ihn seine neidischen Kommilitonen am Anfang auf den Arm.

Das tat Owurakus Ego gut.

Dann aber ging das Gerede los. Und die Kommilitonen waren gar nicht mehr so eifersüchtig.

«Mann!» klopfte ihm einer auf die Schulter, «so wie deine Frau dich aushält, das könnte dich deiner Männlichkeit berauben. Kapierst du? Es gibt nichts umsonst. Oder?»

Und ein anderer sagte: «Weißt du, es wird auch schon über sie geredet. Kapierst du? Schlecht geredet.»

«Was denn?» fragte Owuraku.

«Zum Beispiel...» Und Owuraku mußte sich den Klatsch über Tikas sexuelle Eskapaden anhören. Er ging gleich darauf zu ihr und stellte sie zur Rede.

«Man erzählt überall, daß du mit jedem ins Bett gehst? Ladenbesitzern, Bankmanagern, Zollbeamten?»

Er erwartete, Tika würde jetzt zusammenbrechen und ihn um Verzeihung anflehen.

Statt dessen fuhr sie ihn an: «Stecke ich meine Nase in deine Studienangelegenheiten?»

Owuraku war völlig entsetzt. Zurück auf dem Campus, suchte er sich eine Freundin unter den Kommilitoninnen. Als Tika davon hörte, wollte sie es nicht glauben. «Was? So eine arme Studentin? Wie kann sie es wagen, auch nur zu versuchen, in meine Fußstapfen zu treten?» Was hatte die Owuraku schon zu bieten? Geld war doch das Zauberwort. Nicht Bücher. Und sie überhäufte Owuraku mit noch mehr Bargeld und Geschenken.

«Das wird ihn schon dazu bringen, von diesem Mißgriff abzulassen!» versicherte sie sich selbst. Owuraku spürte, daß er Tika an einem wunden Punkt getroffen hatte. Und er war noch ziemlich wütend. Also nahm er alles, was sie ihm gab, voll rachsüchtiger Schadenfreude an. Manches davon gab er weiter an seine arme Campus-Freundin.

Die Stunde der Wahrheit kam mit seinem Examen.

«Wann wird deine Familie meine Familie besuchen, um die Heiratsrituale vorzunehmen?» wollte Tika wissen.

«Wenn ich einen Job gefunden und genug gespart habe, um den Brautpreis zu bezahlen», antwortete Owuraku.

«Es ist doch nicht nötig, so lange zu warten. Ich stelle das Geld zur Verfügung», bot Tika an.

«Ungeheuerlich!» stieß Owuraku mit gespielter Wut hervor. «Nur eine schamlose, verzweifelte Frau, die koste-es-was-es-wolle einen Ehemann will, würde so etwas tun. Hast du überhaupt keinen Stolz und keine Würde mehr?»

«Willst du mich beleidigen?»

«Aber wieso denn? Wie könnte ich das wagen? Aber glaube mir. Meine Familie sagt, so eine Frau ist nicht einmal ihr Salz wert. Ehefrau zu sein, kann man sich nicht kaufen. Das verdient man sich.»

Tika hatte genug von den Beleidigungen. Sie trennte sich von Owuraku, sichtete ihre Bettgenossen und entschied sich für vier brauchbare «ständige» Geliebte. Riad, der Halb-Inder, besaß eine Ladenkette. Samuel, der Sohn eines alten apostolischen Pastors, war Zollbeamter an der Grenze zwischen Ghana und Togo. Und durch Erich, den aufstrebenden Musiker, blieb Tika unter den bevorzugten Kunden der Kommerzbank, der dessen ältester Bruder vorstand. Nur Mr. Attui, der Fabrikbesitzer, durch den sie an

Waren zu normalerweise inakzeptablen Konditionen herankam, entpuppte sich als Fehlgriff.

Riad, Samuel und Erich waren verheiratet, trugen einen Ehering und redeten begeistert über ihre Ehefrauen und Kinder. Von Tika wollten sie nichts weiter als Lust. Attui jedoch hatte zwei Ehefrauen, insgesamt zwölf Kinder mit ihnen und zudem zwei Konkubinen. Seine Ehefrauen stieß er ständig vor den Kopf, verließ aber seine Konkubinen, als er Tika kennenlernte, und äußerte lauthals die Absicht, weitere Frauen zu heiraten und mehr Kinder zu bekommen.

«Es ist eine große Ehre, wenn ein Mann stirbt und man im Nachruf liest: Witwen. Und wenn die Namen aller seiner Kinder nur ein oder zwei Zeilen ausmachen, worin liegt der Ruhm? Zehn Zeilen. Das ist etwas.»

Und aus irgendwelchen Gründen nahm er an, daß Tika darauf aus war, eines Tages seine dritte Frau zu werden.

«Mach nur weiter so und besorg es mir», stöhnte er. Er liebte es, wenn sie auf ihm saß. Und in seiner Ekstase beleidigte er seine Ehefrauen als dumme, alte Weiber mit verödeten Mösen.

Schließlich wurde Tika schwanger.

Wessen Kind war das nun?

Sie stellte einige Berechnungen an und entschied sich für Attui.

«Ich brauche Geld für eine Abtreibung», sagte sie zu ihm.

«Du bist schwanger? Großer Gott! Tika. Nein! Keine Abtreibung. Ich mache dich zu meiner dritten Frau. Was sagst du jetzt? Na, glücklich?»

«Behalte dein Geld, Attui. Ich brauche es nicht. Aber halte dich von jetzt an fern von mir. Und vergiß, daß du mich jemals gevögelt hast.»

Attui war erst schockiert, dann verzweifelt. Wie konnte er von Tika lassen? Meine Güte! Mit wem sonst würde er jemals wieder so vergnügliche Fleischeslust genießen? In seiner Verzweiflung suchte er Rat bei Efi, die Tika dazu bringen sollte, ihre Meinung zu ändern. Efi aber verachtete Attui. Davon wußte Attui natürlich nichts, denn Efi war immer sehr nett zu ihm gewesen. Aber Efi beschloß, trotzdem mit Tika zu reden.

«Gestern war Attui bei mir», begann sie. «Wegen deines Zustands. Nun, ich mache mir keine Sorgen wegen seines Heiratsantrags. Aber du wirst nicht jünger, Kind. Dein Geschäft ist zum Mittelpunkt deines Lebens geworden. Andere wichtige Dinge hast du vernachlässigt. Ich befürchte, daß du eines Tages aufwachen und feststellen könntest, daß es zu spät ist.»

«Zu spät für was?»

«Für das Kinderkriegen zum Beispiel. Tika, bitte, ich flehe dich an: Behalte dieses Kind. Sonst geht es dir wie mir, vielleicht hat der liebe Gott nur dieses eine für dich vorgesehen. Wir können gemeinsam für das Kind sorgen. Wir brauchen keinen Mann. Ich werde weniger arbeiten und für das Kind da sein. Du und ich, wir scheinen einfach nur Reichtum anzuhäufen, ohne darüber nachzudenken, wem wir das alles einmal vererben.»

«Falsch, Mutter. Ich habe darüber nachgedacht. Ich werde es den Leuten von Kataso vermachen.»

Und Efi mußte einsehen, daß auch der dicke Scheck das Wunder nicht bewirkt hatte. Tika hatte ihr noch immer nicht verziehen.

«Ich werde die Straßen von Kataso mit deinen Reichtümern pflastern!» fuhr Tika fort. «Immerhin, ist der nicht von einem ihrer illustren Söhne gekommen? Ich werde dieses Kind nicht bekommen, Mutter. Dann würde ich Attuis Ehefrauen das antun, was du Vaters erster Frau angetan hast. Und was ist, wenn das Kind für mich zu dem wird, was ich für dich geworden bin. Ich weiß, daß du nicht stolz auf mich bist. Ich bin kein Segen für dich. Ich mache dich nicht nur für den Tod meines Vaters verantwortlich. Hier drinnen», und sie faßte sich ans Herz, «werfe ich dir auch vor, daß ich Owuraku verloren habe. Du hast mich dazu erzogen, den Wert des Geldes über alles andere zu stellen. Du weißt, ich und Owuraku, wir könnten längst verheiratet sein. Und die Enkelkinder in die Welt setzen, nach denen du dich so verzweifelt sehnst.»

«Ich hätte mich nicht einmischen sollen», entgegnete Efi. «Ich hätte wissen müssen, daß ich kein Recht habe, dir Ratschläge zu erteilen. Doch ja. Ich sehne mich verzweifelt nach einem Enkelkind. Und ich bitte dich: Überlege es dir, ob du dieses Kind wirklich abtreiben willst.»

Aber Tika überlegte es sich nicht noch einmal. Sie beendete die Schwangerschaft.

«Du egoistisches, selbstbezogenes Kind!» schimpfte Efi.

«Ich lasse mir nicht länger vorhalten, was ich für dich getan oder gelassen habe. Du sagst, ich bin eine Mörderin, weil ich einem Mann den Laufpaß gegeben habe, der wiederum einem anderen Menschen den Laufpaß gegeben hat? Was bist du dann, he? Ich habe meinen Preis an dich bezahlt, mein Kind. Den vollen Preis. Was da noch zu begleichen ist, das muß ich mit Gott, meinem Schöpfer, ausmachen.»

In dieser Nacht beschloß Tika, aus dem Haus ihrer Mutter auszuziehen.

III

«Komm setz dich hier neben mich», forderte sie ihr Vater auf. Er saß auf der Wohnzimmercouch, hatte die Beine auf den Tisch gelegt und erklärte: «Siehst du, dort hinten liegt meine Nabelschnur begraben, Tika. Wenn ich einmal sterbe, bringe mich bitte dahin.»

So hatte er oft voller Leidenschaft zu Tika geprochen.

Efi war währenddessen meist unterwegs und hatte ein leidenschaftliches Spiel mit ihren jungen Geliebten gespielt.

Kataso lag in den Bergen, im Osten des Landes. Dort gab es weder fließendes Wasser noch Strom, es gab auch kein Vergnügungscenter, es gab überhaupt nichts. Nur der Chief besaß einen alten Schwarzweißfernseher, der aber nicht funktionierte. Aber selbst wenn er nicht kaputt gewesen wäre, woher hätte er den Strom nehmen sollen, um ihn anzuschalten? Also stand er lediglich zu Dekorationszwecken im Palast herum. Ein paar wenige Privilegierte konnten sich ab und zu mal Batterien für tragbare Radios leisten. So blieb nur Sex als Vergnügen, und alle, ob jung oder alt, reif oder unreif, frönten diesem ausgiebig. Deswegen waren von allen arbeitenden Menschen des Dorfes die beiden Hebammen am besten ausgelastet. Es konnte vorkommen, daß der Sprecher des Chiefs an einem frühen Morgen ausrief: «Hört, oh, hört, ihr guten Leute von Kataso. Der Chief hat mich gebeten, euch diese Nachricht zu überbringen. Kofi Akorti wird aufgefordert, das Dorf sofort zu verlassen. Maame Ama Mbroo hat berichtet, daß er ihre vierzehnjährige Tochter geschwängert hat. Das sind insgesamt zwölf minderjährige Mädchen, die Kofi Akorti bis jetzt in Kataso geschwängert hat. Der Chief ist der Meinung, daß Akorti im Interesse des Dorfes mitsamt seinem allzu willigen und undisziplinierten Schwanz von hier verschwinden muß, bevor er noch weitere zwölf Mädchen schwängert.»

Die jungen Männer zog es nach Accra, Kumasi oder Takoradi, wenn sie das langweilige, triste Leben nicht mehr aushielten, um dort als Schuhputzer, Lastenträger oder als Verkäufer von Popcorn, Hundeleinen oder Raumspray in den geschäftigsten Straßen der Städte Geld zu verdienen.

Die Mädchen des Dorfes wurden üblicherweise von Verwandten oder Bekannten in die Städte geholt, wo sie als Haus- und Kindermädchen arbeiten konnten – wenn auch viele von ihnen letztlich als Eiswasserverkäuferinnen oder Prostituierte endeten.

Eines Tages tat Akua etwas, was noch kein Mädchen aus Kataso vor ihr gewagt hatte. Frustriert vom Leben brannte sie geradezu darauf, Kataso den Rücken zu kehren. Die Aussichten, in absehbarer Zeit in der Stadt einen Job zu bekommen, standen jedoch schlecht. Also ging sie einfach von zu Hause fort. Sie machte sich auf den Weg, ohne irgendjemandem davon etwas zu sagen.

Ihre Mutter dachte, sie besuche ihre Freundinnen.

Alle, die beobachteten, wie sie das Dorf verließ, nahmen an, sie sei geschickt worden.

Akua konnte unbehelligt ihren Weg fortsetzen, sie verließ den Ort, passierte Braha, das nächste Dorf, erreichte Osiadan und stellte sich an der Fernstraße zwischen Accra und Kumasi in Position. Das einzige, was sie mitgenommen hatte, war ihr fester Vorsatz, es bis in die Großstadt zu schaffen.

Fast drei Stunden stand sie am Straßenrand und versuchte, eine Mitfahrgelegenheit zu ergattern. Endlich hielt ein Lastwagen.

«Wohin?» fragte der Fahrer kurz angebunden.

«Nach Kumasi.»

«Hast du Geld? Kannst du bezahlen?»

«Nein, kann ich nicht.»

«Also kannst du mir nichts bezahlen?»

Akua knöpfte ihre Bluse auf. Die Augen des Fahrers leuchteten zustimmend. Er grinste. Sie stieg ein, und nach einer Weile hielt der Lastwagen hinter einer gut versteckten Kurve an.

Die restliche Fahrt verbrachten sie schweigend. Vier Stunden später ließ der Lastwagenfahrer Akua am Bahnhof in Kumasi aussteigen.

«Hier wirst du Hilfe finden», meinte er und fuhr davon. Akua fand Hilfe. Sie fand sie bei den vielen jungen Mädchen, die als Lastenträgerinnen arbeiteten und die, genau wie sie, von zu Hause weggelaufen waren, um woanders grünere Weiden zu suchen.

«Wenn bei uns zu Hause sich zwei Frauen streiten, weißt du, wie das abläuft? ‹Wer hat gesagt, daß du dich mit mir vergleichen kannst? Wieviele von deinen Kindern sind in der Stadt?› Deswegen hat mir meine Mutter auch ihren Segen gegeben, als ich ihr sagte, daß ich fort will», verriet eines der Mädchen.

Und ein anderes ergänzte: «Bei uns ist es das gleiche Palaver. Ich habe gehört, wegen der Thermoskanne und der Leuchte, die ich ihr letzten Monat geschickt habe, ist das halbe Dorf bei meiner Mutter vorbeigekommen, um einen Blick darauf zu werfen.» Mitleiderregende Seufzer waren zu hören.

Seit Akuas Ankunft war nun schon ein Monat vergangen. Sie hatte sich an ihren Job gewöhnt, mit den Mädchen gut angefreundet und trug jetzt auch ihre Geschichte bei. «Also, in Kataso ist es der letzte Schrei, wenn die Stadtbewohner zum Yamsfest nach Hause kommen. Das Haus mit den meisten Rückkehrern erhält die größte Aufmerksamkeit. Und beim Tanz im *Quebec Inn...*»

«Was ist denn das?» fragte ein Mädchen.

«Der Tanz- und Vergnügungsschuppen in Osiadan. Er wird extra hergerichtet, es gibt Musik aus dem Lautsprecher, diese Tanzveranstaltung ist der Höhepunkt des Yamsfestes. Dort geben die Rückkehrer ihr Bestes und veranstalten regelrecht einen Wettbewerb. Ich kann noch gar nicht glauben, daß ich dieses Jahr dazugehören werde.»

Sie konnte den ganzen Tag an nichts anderes mehr denken.

Was könnte sie ihren Leuten mitbringen? Ihrer Großmutter ganz bestimmt einen schönen, bunten Plastiknachttopf und eine Klistierspritze, made in China. Aber ihrer Mutter? Was könnte sie ihr mitbringen? Vielleicht...

«Hey, Akua! Aufwachen! Siehst du nicht, daß du Kundschaft hast?» rief jemand und unterbrach ihre Tagträumereien.

Sie sprang auf. Wenn sie ihre Leute zu Hause beeindrucken wollte, brauchte sie weiß Gott jeden Cedi. Sie eilte zu der Frau, die jede Woche Eier für den Markt in Nkawnkaw erwarb, und verbrachte die nächsten vierzig Minuten damit, den empfindlichen Inhalt ihrer Kisten in den Zug zu laden. Akua bekam ein dickes Trinkgeld.

Als sie zurückkehrte zu ihren Kolleginnen, war sie in Gedanken noch immer bei ihrer Kundin. «Was ist los? Hat sie dich heute schlecht behandelt?» fragte eines der Mädchen.

«Wieso?»

«Du starrst ihr noch immer so komisch nach.»

«Nicht sie. Ihr Rastazopf. Ist er nicht toll? So werde ich mich für das Fest in Kataso zurechtmachen.»

Das Leben als Lastenträgerin in Kumasi war nicht gerade das, was ein normaler Mensch als Leben bezeichnen würde. Es war eher Überleben. Aber Akua wußte, spätestens beim Yamsfest würde sie in Kataso verehrt und bewundert werden, würden ihr all der Schweiß und die Demütigungen vergolten. Genau wie ihre Freundinnen hatte sie kein richtiges zu Hause. Sie suchten sich immer irgendwelche Baustellen und hausten darin. Wenn die Häuser fertiggestellt waren, mußten sie wieder ausziehen. Gegen Geld und Sex bekamen sie von den Bauarbeitern neue Tips. Da ihre Hausbesetzung illegal war und die Besitzer ab und zu vorbeikamen, durften sie nichts tun, was sie verraten konnte. Kochen durften sie also nicht, essen nur am Straßenrand. Wasser, das in Kanistern eigentlich für die Bauarbeiter aufbewahrt wurde, mußte ihnen zum Waschen und Baden reichen. Gekauftes Trinkwasser bewahrten sie in Plastikflaschen auf. Das Gebüsch in der Nähe diente ihnen zur Erleichterung.

All das mußte Akua auf sich nehmen, um sich als jemand zu qualifizieren, die man bald beneiden sollte. Eine Rückkehrerin.

Bei ihrer ersten Heimkehr zum Yamsfest blendete Akua ihre Leute mit Geschichten von Verkehrsampeln, Straßenüberführungen, den neuesten Autos und Konzerten ausländischer Musiker. Als schließlich Showtime angesagt war, fuhr sie stolz in der Gruppe von Rückkehrern nach Osiadan. Die Mädchen strahlten in ihren ausländischen Kaba-Gewändern, die jungen Männer beeindruckten mit gestärkten Jeans, dicksohligen Stiefeln, Second-Hand-T-Shirts mit Aufschriften wie *Chicago Bulls* und *Wacko Jacko* und, zur Krönung all dessen, irren asymmetrischen Haarschnitten. «Meine Enkeltochter!» Akuas Großmutter stand vor ihrer heruntergekommenen Haustür und strahlte vor Freude, als sie ihre Enkelin davongehen sah.

Beim nächsten Yamsfest amüsierte Akua sich gerade auf dem Tanzboden mit einem Typen in einem grauen T-Shirt. Auf der Brust stand in großen roten Buchstaben zu lesen: *Ich bin bei der Mafia versichert*, und auf dem Rücken: *Wenn du mich schlägst, schlagen sie dich.* Dann entdeckte sie Efia. Eine ehemalige Spielkameradin, die ihr bei ihrem letzten Besuch jedoch nicht begegnet war. Efia sah erbärmlich aus in ihrem alten, verknitterten Kleid. Sie betrat das Quebec Inn mit zwei geschälten Orangen in der Hand. Akua rief nach ihr, und Efia stieß einen Schrei aus.

«Bist du es wirklich? Ich hätte dich nie erkannt. Du hast dich total verändert!»

«Und was machst du so?» wollte Akua wissen.

«Ich verkaufe draußen Orangen», antwortete Efia.

Akua spendierte ihr eine ganze Flasche Coca-Cola.

Efia war begeistert. «Ich möchte auch in die Stadt», gab sie zu.

«Dann komm doch», drängte Akua.

«Ja, ich komme. Wenn nichts dazwischenkommt», erklärte sie.

Es klang sehr entschlossen.

IV

Doch es kam etwas dazwischen.

Unter den wenigen Leuten aus Kataso, die in Accra lebten, einer ordentlichen Arbeit nachgingen und den Komfort einer eigenen Wohnung genossen, befand sich jene Dame, die alle nur Teacher nannten, weil sie als Lehrerin arbeitete. Sie hatte es soweit gebracht, da sie einst von einer Verwandten adoptiert worden war, die einen Mann aus Accra geheiratet hatte und Teacher eigentlich als Hausmädchen zu sich zu holen wollte. Doch der gutherzige Ehemann erkannte, was in dem kleinen Mädchen steckte, und erklärte seiner Frau, daß er es zur Schule schicken wollte.

«Machst du dir nicht etwas vor?» fragte die Frau. «Das Mädchen ist fast elf. Die Kinder, mit denen du sie in eine Klasse schicken willst, sind sechs, sieben Jahre alt. Sie paßt da nicht rein, die anderen werden sie nicht akzeptieren.»

«Sie ist gerade erst sieben geworden», log der Mann die Direktorin der Schule an.

Die lachte zynisch. «Natürlich», entgegnete sie. Genau wie Sie selbst aussehen, als wären Sie gerade erst zwölf!» und musterte ihn mit einem «Für-wie-blöd-hältst-du-mich-eigentlich»-Blick.

Doch der Mann war vorbereitet.

«Ich verstehe Ihre Skepsis», pflichtete er ihr bei. «Aber das ist ein Problem in dieser Familie. Zu Hause in ihrem Dorf machen sie schon Witze wegen der Körpergröße. Es heißt, daß einer ihrer Urahnen einmal eine Kokosnuß gepflückt hat und dabei auf einem Küchenhocker stand. Der Bruder, der nach ihr kommt, ist gerade sechs geworden. Aber ich rufe ihn herein, damit Sie sehen, was ich meine.»

Der Junge, der nun eintrat, war der Sohn von Freunden und zwölf Jahre alt.

Die Direktorin warf ihm einen zweifelnden Blick zu.

«Ganz offensichtlich eine Familienkrankheit», murmelte sie.

Sie nahm das Kind auf.

«Klassenmutter!» ärgerten sie die Klassenkameraden.

«Schul-Madam!» zogen die Lehrer sie auf.

Doch ermutigt von ihrem Pflegevater beendete das Mädchen die Ausbildung erfolgreich bis zum Lehrerkolleg.

Nach dem Examen blieb sie in Accra. Aber sie hielt engen Kontakt zu Kataso, das sie mindestens einmal im Monat besuchte, und sie nahm auch jedes Jahr am Yamsfest teil. So kam es, daß ihr die Aufgabe zuteil wurde, junge Mädchen aus Kataso als Hausangestellte in Accra unterzubringen, gegen die Zusage, dem Mädchen nach vier Jahren eine Ausbildung als Schneiderin oder Friseurin zu ermöglichen. Deshalb war Teacher sehr bekannt bei den aus Kataso stammenden Einwohnern Accras, wie zum Beispiel Tika. Doch Teacher wollte mit Efi, Tikas Mutter, nichts zu tun haben. «Mit Kataso nicht gut stehen, ist eine Sache. Aber den Tod eines seiner Söhne zu verantworten und das Herz einer seiner Töchter zu brechen, ist etwas anderes. Kataso wird es ihr nie verzeihen.»

An jenem heißen, feuchten Tag kam der Schulbote in ihre Klasse und teilte ihr mit, daß sie im Lehrerzimmer erwartet wurde. Als sie dort Tika erblickte, vermutete sie zunächst, daß es sich um ein Mißverständnis handele. Tika, die ihre Verwunderung bemerkt hatte, ließ ihr nicht einmal Zeit, sie zu begrüßen.

«Ich komme wegen eines Hausmädchens. Ich brauche eines. Und ich möchte jemanden aus der Familie meines Vaters. Deshalb bin ich hier.»

Teacher mußte sich erst einmal setzen.

«Ich glaube nicht, daß irgendjemand in Kataso es zuläßt, daß seine Tochter bei deiner Mutter arbeitet. Egal, wie sehr sie sich eine solche Chance für ihre Mädchen wünschen, damit sie der Mühsal des Dorfes entkommen. Aber das würde die Familie entehren. Sie würden für immer mit der Schuld und der Scham leben müssen, zum Feind übergelaufen zu sein.»

Tika mußte sich jetzt auch setzen.

Teachers Reaktion ließ keinen Zweifel an dem tiefen Groll der Menschen aus Kataso gegen Efi.

«Das Mädchen soll nicht für meine Mutter arbeiten», entgegnete Tika, die erst langsam wieder ihre Stimme fand. «Es soll für mich arbeiten. Und ich lebe jetzt allein.»

«Es gibt so viele junge Mädchen, die hier in Accra auf der Straße herumlungern und nur allzu froh wären, ein Dach über dem Kopf zu haben und wenigstens eine ordentliche Mahlzeit am Tag.»

«Das ist wahr», stimmte Tika zu, «aber ich möchte jemanden aus dem Clan meines Vaters.»

Teacher war über diese Hartnäckigkeit verblüfft.

«Warum denn?» fragte sie.

«Weil ich mich dazu verpflichtet fühle. Wenn ich die Möglichkeit habe, das Leben eines anderen Menschen zu verbessern, dann sollte dieser aus der Verwandtschaft meines Vaters stammen. So würde ich, auf meine eigene bescheidene Weise, etwas von dem zurückzahlen, was meine Mutter meinem alten Vater schuldet.»

«In Ordnung«, das leuchtete Teacher ein, «ich werde dir helfen. Am Wochenende fahre ich nach Kataso und werde den Clan besuchen.»

Tika strahlte dankbar, erhob sich und streckte Teacher die Hand entgegen. Teacher ergriff sie und lächelte. «Du hörst von mir, sobald ich zurück bin», versicherte sie.

Plötzlich wurde Tika blaß und Schweißperlen lagen auf ihrer Stirn. «Was ist...», fragte Teacher als Tika neben ihr vor Schmerzen aufstöhnte und zusammenbrach.

Teacher geriet in Panik und schrie, so laut sie konnte.

Wenige Minuten später wurde Tika mit dem Notarztwagen ins Allgemeine Krankenhaus gebracht.

Efi fühlte sich wie benommen seit dem Tag, an dem sie nach Hause gekommen war und festgestellt hatte, daß Tika ausgezogen war.

Wofür sollte sie so hart arbeiten und sparen, sparen, sparen? Für wen?

Sie schloß sich in ihrem Haus ein.

Anfangs hatte sie mit der Idee gespielt, auszugehen und sich wie in alten Zeiten zu amüsieren, aber merkwürdigerweise verspürte sie dazu gar keine Lust. Also versuchte sie, die ganze Sache zu verdrängen. Und doch verstieg sie sich immer mehr in die Idee, daß Tika ihr verzeihen müsse.

Die Toten können nicht verzeihen. Aber wenn das verzeihende Herz der Lebenden groß und großzügig genug ist, kann es für das der Toten gleich mitsorgen. Sie schloß sich weiterhin in ihren vier Wänden ein und gab sich ihren Grübeleien hin.

Eines Nachmittags saß sie wie immer in Gedanken versunken da und vernahm erst nach einer Weile, daß jemand an der Haustür klopfte. Efi öffnete, und ein Pfleger vom Allgemeinen Krankenhaus stand in der Tür.

«Entschuldigen Sie bitte, Madam, aber ich habe schlechte Nachrichten für Sie», erkärte er und informierte Efi über Tikas Einlieferung. Efi wirkte ungerührt.

«Das ist nett von Ihnen, daß Sie gekommen sind, um mir Bescheid zu geben, junger Mann, aber ich glaube nicht, daß meine Tochter mich an ihrem Krankenbett zu sehen wünscht. Oder hat sie ausdrücklich darum gebeten, daß ich benachrichtigt werde?»

«Nein, das war die Dame, die sie begleitet hat.»

Efi fragte sich, wer das wohl gewesen sein konnte.

«Warum ist sie nicht selbst hergekommen?»

Der junge Mann zuckte mit den Schultern.

«Keine Ahnung. Aber sie hat mich beauftragt. Sie hat mir den Weg beschrieben und das Geld für die Fahrt gegeben.»

«Was ist denn los mit meiner Tochter?»

«Es gibt, äh, es gibt Kom..., Komplikationen.»

«Was für Komplikationen?»

Der Pfleger zeigte auf den Unterleib.

«Die Abtreibung?»

«Sie wissen davon?»

Efi lächelte schief.

«Ihre Gebärmutter mußte gleich mit entfernt werden, weil sich alles entzündet hat», fügte der Pfleger zögernd hinzu.

«Lieber Gott, warum? Warum haben Sie das zugelassen? Sie ist noch so jung.»

«Ich muß jetzt gehen», erklärte der Pfleger.

Während er sich entfernte, hörte er noch, wie Efi leise vor sich hin murmelte.

Im Krankenhaus teilte Teacher Tika mit: «Ich fahre jetzt nach Kataso. Du brauchst das Mädchen sehr bald.»

Tika nickte schwach und ergänzte: «Egal, wieviel es kostet.»

Es war der dritte Morgen nach ihrer Einlieferung. Man hatte ihr gesagt, daß sie etwa eine Woche würde dableiben müssen.

«Wenn ich von Osiadan nach Kataso ein Taxi nehme, könnte ich morgen schon zurück sein und dir Bescheid geben.»

Teacher kam mit einem Bescheid zurück.

«Um sie zu überzeugen, mußte ich viel Zeit, Taktgefühl und Energie aufwenden», berichtete Teacher. «Aber sie haben ein Mädchen für dich. Allerdings wollten sie nicht, daß ich es gleich mitnehme.»

«Warum?»

«Sie bestehen darauf, mit dir direkt zu verhandeln. Ich glaube, eigentlich wollen sie dich nur persönlich kennenlernen. Du kannst sicher ihre Neugierde verstehen, oder?» Tika sah das ein.

«Ein, zwei Tage nachdem ich hier raus bin, sollten wir ein Taxi mit guten Stoßdämpfern suchen und es gleich nach Kataso hin und zurück mieten», schlug sie vor.

Teacher wußte, daß das ein Vermögen kosten würde. Aber darüber brauchte sie sich natürlich nicht den Kopf zu zerbrechen. Das war Tikas Problem. Und was für sie ein Vermögen bedeutete, war für Tika wahrscheinlich gar nichts. Also wurde durch einen Fahrer, der die Accra-Osiadan-Route regelmäßig befuhr, ein Besuchstermin nach Kataso übermittelt.

«Soll ich etwas mitbringen? Eine Flasche Schnaps vielleicht?» wollte Tika wissen.

«Ich glaube, ein paar Pfund Brot wären ihnen lieber», riet Teacher.

Efias Vater lag bereits am Vormittag betrunken auf einer geflochtenen Matte in seiner Hütte.

«Akpeteshie», jammerte Maame Amoakona, seine Frau. «Damit spült er jeden Morgen erst einmal seinen Mund aus.»

Niemand fand das zum Lachen.

«Kann er mitkommen?» fragte Efias Großmutter, die Mutter von Efias Mutter.

Die Mutter ging, um nachzusehen. Der Mann lag weit ausgebreitet auf dem Boden und bemerkte nicht einmal die Fliegen, die in seinem offenstehenden Mund ein- und ausflogen. Und er schnarchte, als ob morgen die Welt unterginge.

«Er kann nicht», erklärte Maame Amoakona, als sie zurückkam. Die Großmutter schnaubte wütend.

«Was machen wir jetzt?»

«Vielleicht sollten wir einen anderen aus der Familie holen. Papa Kaawire etwa.»

Efia wurde geschickt, um ihn zu rufen, er eilte gleich herbei.

Die Dorfbewohner hießen die Städterinnen willkommen, die bedankten sich und übergaben das mitgebrachte Brot. Dann eröffnete Teacher die Verhandlungen und trug noch einmal ihr Anliegen vor. Efias Leute steckten die Köpfe zusammen, als ob sie das alles zum ersten Mal hörten. Dann richtete Papa Kaawire das Wort an Tika:

«Wir wissen, was wir von dir wollen für unser Kind. Kannst du uns auch sagen, was du von ihr willst?»

Teacher stupste Tika an.

«Ich bin viel unterwegs», begann Tika. «Also brauche ich jemanden, der ehrlich und zuverlässig ist, denn sie wird sich sehr häufig allein um das ganze Haus kümmern müssen. Es ist wichtig für mich, daß ich ihr soweit vertrauen kann, daß ich mir deswegen keine Sorgen zu machen brauche.»

«Und was hat sie zu tun?» fragte Efias Mutter.

«Das Übliche. Wenn sie putzen, waschen, fegen und kochen kann, dann reicht das», antwortete Teacher.

«Nur Stehlen werde ich nicht akzeptieren», warf Tika noch ein. «Und nichts von dem, was im Haus vor sich geht, darf nach außen dringen.»

«Das ist verständlich», bemerkte Papa Kaawire und ließ einen Blick in die Runde schweifen. «Also dann, dürfen wir jetzt auch erfahren, wie Sie beabsichtigen, unser Kind für seine Dienste zu entlohnen?»

Die Anspannung wuchs.

«Ich werde umfassend für sie sorgen. Ich werde sie nicht schlecht behandeln. Nach vier Jahren werde ich sie zu einer Schneiderlehre anmelden. Und bevor sich unsere Wege trennen, wird sie ihre eigene Nähmaschine besitzen. Plus genug Startkapital zum Aufbau einer eigenen Existenz.»

Efias Leute hatten die ganze Zeit genickt und zeigten sich zufrieden.

«Ich werde mit meiner Tochter sprechen», begann Maame Amoakone, «und ihr sagen, daß sie sich gut benehmen soll. Sie ist von Natur aus sehr fleißig. Also werde ich darum beten, daß sie es auch bleibt. Ihren Vater werden wir unterrichten, sobald er aufwacht.»

«Und wenn sich herausstellt, daß er mit irgend etwas nicht einverstanden ist?» fragte Teacher.

«Was zum Beispiel?» Die Großmutter spuckte aus. «Wenn er Wert darauf gelegt hätte, daß seine Meinung miteinbezogen wird, dann hätte er aufstehen sollen, statt in diesem traurigen Zustand zu verharren, oder?»

Efias Mutter murmelte mißfällig, aber die Großmutter blickte sie nur streng an und verzog verächtlich den Mund. Papa Kaawire flüsterte Efias Mutter etwas ins Ohr. Diese nickte und verließ die anderen wortlos.

«Ich möchte, daß sie nachschaut, ob ihr Mann doch noch zu uns kommen kann», erklärte Papa Kaawire.

Aber Efias Vater lag noch immer ausgestreckt und schnarchend da. Darüber war Papa Kaawire alles andere als erfreut. Er konsultierte die Großmutter. Dann wandte er sich an Tika und Teacher.

«Ich weiß, daß Sie erwartet haben, daß Sie Efia mitnehmen können. Aber ich habe das Gefühl, daß es nicht in Ordnung ist, das Mädchen ohne das Einverständnis ihres Vaters gehen zu lassen.»

Teacher runzelte die Stirn. «Was wollen Sie damit sagen?»

«Daß heißt, entweder Sie warten, bis er aufgestanden ist, oder Sie überlassen uns Geld für den Osiadan-Fahrer, damit er Efia morgen bringt.»

Tika und Teacher berieten und entschieden sich für die zweite Möglichkeit.

Efias Vater wachte am Nachmittag auf und verlangte sofort sein Essen. Seine Frau stürzte in die Hütte und versicherte ihm, daß es sofort gerichtet sei. Wenige Minuten später saß er schon da und machte sich zufrieden über gekochte Kokosyams mit Paprika und geräucherten *Tilapia* her. Seine Frau räumte ab, reichte ihm Wasser zum Händewaschen und etwas Wasser zum Trinken. Dann teilte sie ihm in ruhigen Worten mit, daß Efia am nächsten Morgen nach Accra fahren würde. Der Mann wurde zornig, schrie herum und warf mit der Wasserschüssel nach seiner Frau.

«Wie kannst du es wagen, mich auszuschließen?» bellte er. «Warum zum Teufel hast du mich nicht dazugerufen?»

«Ich habe dich gerufen. Aber du warst nicht wachzukriegen.»

Maame Amoakona, gewöhnt an seine Saufgelage und Tobsuchtsanfälle, blieb gelassen.

«Warum haben sie nicht gewartet, bis ich aufwache?»

«Du nimmst dich selbst ein bißchen zu wichtig, mein Lieber. Das sind Leute aus der Stadt, die sind sehr beschäftigt. Das hätten die nie gemacht.»

«Das hätten sie nicht?»

Er konnte es nicht fassen.

Seine Frau betrachtete ihn mitleidig. «Sei doch dankbar, daß wir ein Maul weniger zu stopfen haben, guter Gott.»

Sie wandte sich ab.

Papa Kaawire setzte dem Vater die Einzelheiten auseinander, in der festen Überzeugung, daß das Verhandlungsergebnis diesen mehr als glücklich machen würde. Er hörte aufmerksam zu, unterbrach Papa Kaawire nicht einmal und nickte manchmal sogar heftig. Doch dann fragte er: «Und was springt dabei für uns heraus?»

Maame Amoakona rang vor Abscheu nach Luft.

«Ich verstehe dich nicht», entgegnete sie gequält.

Ihr Mann blickte ihr direkt ins Gesicht und wiederholte: «Ich sagte, wir, ihre Eltern, was bekommen wir, wenn unsere Tochter in die Stadt geht, um für andere zu arbeiten?»

«Warum redest du so, als würden wir unsere Tochter verkaufen? Ist das etwa das gleiche, als wenn sie heiraten würde und wir das Recht auf den Brautpreis hätten?»

«Ach, ist es das nicht?»

«Nein! In Gottes Namen. Diese Tika wird etwas für das Kind tun, wozu wir niemals in der Lage gewesen wären. Sei doch wenigstens dankbar dafür.»

Aber Efias Vater war nur erstaunt darüber, daß Maame Amoakona seine Meinung nicht teilte.

«Haben wir nicht bis jetzt für sie gesorgt? Hätten wir sie nicht ernährt bis jetzt, wäre sie dann groß und stark genug geworden, um für sie zu arbeiten? »

«Das war doch unsere Pflicht, oder etwa nicht? Wir haben niemandem einen Gefallen getan, indem wir unser eigenes Kind großgezogen haben, oder?»

Doch ihr Mann zeigte kein Einsehen.

«Du hast dich gut auf diese Auseinandersetzung vorbereitet, was?»

Schweigen.

«Und morgen fährt sie, sagtest du?»

«Ja, genau.»

Die Atmosphäre blieb gespannt, voller Mißtrauen und Feindseligkeit.

Wenig später suchte Maame Amoakona die alte Dame auf.

«Mutter, das Cassava für das Fufu heute abend reicht nicht. Ich muß los und noch ein paar Wurzeln ausgraben», sagte sie und machte sich auf den Weg zur Farm.

Als sie wiederkam, wurde sie Zeugin einer sehr untypischen Szene. Ihr Ehemann und ihre Mutter hatten inbrünstig ihre Köpfe zusammengesteckt.

Die beiden waren sonst wie Feuer und Wasser. Nicht nur, daß sie einander nicht grüßten, sie schrien sich auch wegen der geringsten Kleinigkeit an: «Du Nichtsnutz!» hörte man normalerweise von ihr in seine Richtung. «Hexe!» tönte es zurück.

Was um Himmelswillen hatte die beiden nur veranlaßt, sich plötzlich zusammenzutun?

Das sollte Maama Amoakona bald herausfinden. In der Nacht wurde sie von der alten Dame geweckt und aufgefordert, auch Efia zu einer wichtigen Unterredung zu rufen. Dann sprach die Großmutter zu Efia: «Dein Vater hat mir gestern die Überraschung meines Lebens beschert. Er hat bewiesen, daß sein Körper zwar dem Akpeteshie verfallen ist, sein Verstand aber noch nicht.»

Was zum Teufel hatte das zu bedeuten? wunderte sich Maame Amoakona.

«Er hat mich auf eine Idee gebracht, an die ich anfangs überhaupt nicht gedacht habe», fuhr die alte Dame fort. «Dieser vernünftige Mann hier, als der er sich jetzt entpuppt hat, hat es mir und meiner Altersweisheit überlassen, die Dinge in die Wege zu leiten. Und ich sage euch, unsere hochverehrten Vorfahren haben mich nicht im Stich gelassen.»

Maame Amoakona war sprachlos.

«Mein Kind, Teachers Entscheidung für Efia haben wir der guten Arbeit des Geistes von Tikas Vater zu verdanken.»

«Was willst du damit sagen, Mutter?»

«Warum hat Teacher sich ausgerechnet von allen Mitgliedern der Großfamilie uns ausgesucht? Sie hätten doch zum Familienhaus gehen können, oder? Sieh dir die ganzen dort zusammengepferchten Mädchen an, die warten nur auf eine Gelegenheit wie diese hier. Und trotzdem hat Teacher nur einmal unsere Efia angesehen und sich sofort für sie entschieden. Warum wohl? Weil der Geist sich jemanden ausgesucht hat, der seine entfernte Stimme hören und verstehen konnte. Mich nämlich. Durch deinen Mann. Wie dieses gottlose Weib ihren Mann so frühzeitig ins Grab gebracht hat, das sage ich dir, läßt seinen Geist niemals Ruhe finden, bis er seine Aufgabe erledigt hat.»

«Ey! Mutter!» rief Maame Amoakona.

Doch die alte Dame ignorierte sie.

«Hör gut zu! Der Geist will, daß all das, was seine hinterhältige Ehefrau ihm gestohlen hat, zu seiner Familie zurückkommt. Das Kapital, mit dem Tika ihr Geschäft aufgebaut hat, stammt das etwa nicht von dem blutbesudelten Geld ihrer Mutter?»

Maame Amoakona mußte dem wohl oder übel zustimmen.

«Gut! Und, glaube mir, das Schicksal hat vorgesehen, daß dieses Geld zurück zu seiner Familie kommt.»

Diese Worte duldeten keine Widerrede.

Meine Mutter hat den Verstand verloren, dachte Maame Amoakona und fragte nach: «Was möchtest du uns damit sagen, Mutter?»

Die alte Dame stellte unter Beweis, daß sie ihren Verstand ganz und gar nicht verloren hatte.

«Hör zu, Efia. Die Lady, bei der du arbeiten sollst, ist zwar eine reiche, aber eine unnütze Frau.»

«Mutter!»

«Als Frau absolut unnütz.»

«Mutter, bitte!»

«Eine unfruchtbare Gebärmutter ist schon schlimm genug. Aber überhaupt keine Gebärmutter? Ja, das ist wahr. Eine Frau, die ohne Gebärmutter herumläuft...»

«Lieber Gott! Mutter! Du mußt wirklich...»

«Also, meine Enkelin, wenn du mich fragst, das ist alles kein Zufall. Es war so bestimmt von genau dem Tag an, als dieses gemeine Weib von unserem verehrten Sohn...»

«Bitte, Mutter... »

«Die Götter und die Vorfahren unseres Dorfes haben alles vorbestimmt. Und daß du zu ihr kommst, ist ein wesentlicher Bestandteil dieser Bestimmung. Also höre mir gut zu. Sei dienstbar, bescheiden und äußerst zuverlässig...»

«Ein guter Rat, Mutter!»

«Und dann wirst du schwanger.»

«W-aa-aa-aa-s???»

«Ihr habt mich beide genau verstanden. Efia, du wirst bei ihr leben, wirst ihre Zuneigung gewinnen, du wirst unentbehrlich werden für sie. Und wenn du dann unschuldig schwanger wirst...»

«Unschuldig? Wie wird man unschuldig schwanger?» wunderte sich Maame Amoakona.

«Indem man behauptet, daß man zum Geschlechtsverkehr gezwungen worden ist», erwiderte die alte Dame.

«Von wem denn?» wollte die Mutter wissen.

«Das ist egal. Sie muß nur schwanger werden.»

«Wie?» fragte Efia unschuldig.

«Du Närrin! Indem du mit einem Mann schläfst. Wie sonst?» rief ihre Mutter, die sich allmählich mit dem Plan der alten Dame anfreundete, auch wenn sie noch nicht ganz verstand, worum es eigentlich ging. «Erzähl mir bloß nicht, daß du das noch nicht weißt, Efia.»

Die alte Dame warf ihrer Tochter einen interessierten Blick zu und lächelte milde. Dann wandte sie sich wieder an ihre Enkelin.

«Zweitens», fuhr sie fort, «wenn du schwanger bist, verrate auf keinen Fall von wem.»

«Warum?» Maame Amoakona war neugierig geworden.

«Weil uns das davor bewahren wird, daß irgendein dämlicher Mann hier aufkreuzt und behauptet, das Kind wäre seins. Und das ist unser Plan: Ganz sicher wird Tika uns darüber informieren, was passiert ist. An dieser Stelle werde ich meinen Part im Spiel übernehmen. Alt und verrunzelt wie ich bin: Wenn ich sie mit meiner Tränenflut konfrontiere, braucht sie schon ein steinernes Herz, um meinem heftigen Flehen um Vergebung für meine Enkeltochter zu widerstehen. Ich werde schluchzen wie ein Kind, ich werde auf meine alten schwachen Knie fallen und um Gnade bitten.»

«Das sollte klappen!» Efias Mutter war von der Idee inzwischen angetan. «Aber du weißt, was du da tust, Mutter. Oder?»

«Natürlich, mein Kind.»

Sie wußte, daß sie ihre Tochter bereits auf ihrer Seite hatte.

«Unter Tränen», fuhr sie fort, «werde ich im richtigen Moment den Spieß umdrehen. Ich werde andeuten, daß dies alles vielleicht mit dem Segen unserer Vorfahren geschah. Und ich werde betonen, daß ihr geliebter Vater jetzt auch einer unserer geliebten Vorfahren ist.»

«Oooh, Mutter!»

«Dann werde ich meinen Instinkt sprechen lassen, daß es der Wunsch unserer Vorfahren sei, mit einem schreienden Säugling Freude in ihr Dasein zu bringen.»

«Oh, Mutter!»

«Und ich werde ihr Efias ungeborenes Kind anbieten.»

Efia und ihre Mutter waren verstummt.

«Ich werde sie mit schwacher, brüchiger Stimme drängen, das Kind zu adoptieren, es als ihres anzusehen.» Sie legte eine wirkungsvolle Pause ein.

«Das ist alles?» Maame Amaokona konnte ihre Neugier nicht mehr bremsen.

Die alte Dame ließ eines langes tiefes Lachen hören. «Wenn ich nur daran denke, daß dein Mann und ich uns Sorgen gemacht haben, du könntest nicht einverstanden sein...»

«Ach, Mutter.» Sie wurde verlegen.

«Aber nein. Das ist noch nicht alles. Wir haben uns Gedanken gemacht, wie genau der Reichtum zurück zu uns fließen kann.»

«Ja, und wie?»

«Kind!» mahnte sie. «Muß ich dir denn alles erklären? Wenn sie dieses Kind annimmt, was glaubst du, wird passieren, wenn sie stirbt? Oder sogar schon vorher? Und, was glaubst du, wer schließlich ihre Reichtümer erben wird?»

«Ach, Mutter.»

«So, ich bin glücklich, daß wir uns jetzt alle verstehen. Jetzt kann nichts mehr schiefgehen. Unsere Aufgabe wird sein, dafür zu sorgen, daß das Kind niemals vergißt, wer seine richtige Mutter ist. Auf diese Weise wird der Reichtum auch Efia gehören. Und somit uns allen. Wir werden ihn rieseln lassen und vermehren. Wir werden Kataso verwandeln. Dieses Dorf wird uns so sehr achten, daß sich Chief vor uns verbeugt. Mögen uns unsere Vorfahren zur Seite stehen!» erklang es hartnäckig und entschlossen.

«Ach! Mutter!» tönte es begeistert.

«Ach! Großmutter!» erklang es scheu.

V

Efia befolgte den Rat der Großmutter nach Kräften. Tika machte aus ihrer Begeisterung keinen Hehl. «Sie ist einfach zu gut!» schwärmte sie Teacher vor.

Teacher erwiderte: «Nun, dann danke Gott.» Sie war jedenfalls dankbar, daß der Allmächtige ihr wieder den Weg zu einer guten und problemlosen Wahl gewiesen hatte.

«Das trägt ja auch zur Verbesserung meines eigenen Rufs bei, oder?»

Tika pflichtete bei. Sie erwähnte allerdings nicht, daß ihr die neue Mitbewohnerin den Kontakt mit ihren Männern etwas erschwerte. Efia hatte sich als sehr zuverlässig erwiesen, sie führte den Haushalt mit routinierter Sorgfalt. Dennoch oder vielleicht gerade deshalb wußte Tika nicht, wie sie Efia in den anderen Teil ihres Lebens einbeziehen sollte. Sie erklärte die Männer, die regelmäßig zu Besuch kamen, Efia gegenüber kurzerhand zu Geschäftspartnern. Das war natürlich nicht völlig gelogen. Aber Efia war nicht dumm. Madams weibliche Geschäftspartner fanden sich stets im Wohnzimmer ein. «Efia, bring uns etwas Bier und Gläser. Wir haben eine Menge auszuhandeln», pflegte Madam dann zu sagen. Doch wenn der Geschäftspartner männlichen Geschlechts war, ordnete Tika an: «Efia, bitte sorge dafür, daß wir nicht gestört werden. Wir haben eine Menge zu besprechen.» Und dann verschwand sie mit ihm im Schlafzimmer. Als nächstes wurde die Tür abgeschlossen. Und die vielen Male, die sie ihr Ohr ans Schlüsselloch preßte, vernahm sie Stöhnen, Ächzen, Keuchen und Seufzen. Und das heftige Quietschen des Bettes. (Was hat das mit geschäftlichen Besprechungen zu tun? Wofür hält sie mich?)

Eines Tages bekam Madam wieder einmal Besuch von einem Geschäftspartner. Die beiden verschwanden wie gewohnt im Schlafzimmer. Da klopfte ein anderer Mann an der Haustür. Efia schaltete gewöhnlich schnell, was sie zu dem größten Risiko ihrer bisherigen Hausmädchenlaufbahn verleitete. Sie dachte an die Transaktion, die gerade in Madams Schlafzimmer stattfand, und erklärte ihm: «Madam sollte eigentlich gestern aus Lagos zurückkehren, aber sie hat ausrichten lassen, daß sie unerwartet aufgehalten wurde und erst morgen eintrifft.»

Der Mann runzelte die Stirn. «Und dieses Auto?» Er zeigte mißtrauisch auf den großen dunkelblauen Toyota vor dem Haus.

«Das ist der Wagen von Madams Mutter. Sie kommt öfter vorbei, um nach dem Rechten zu sehen, wenn Madam verreist ist. Sie hat sich gerade ein bißchen hingelegt, aber wenn Sie möchten, daß ich sie wecke...»

«Nein!» stieß der Mann entsetzt hervor. «Natürlich nicht!» (Du taube Nuß! Was soll ich mit der Mutter?)

«Hier ist meine Karte. Gib sie ihr, sobald sie zurückkommt.»

Er wandte sich um, warf noch einen letzten Blick auf den blauen Toyota und ging zu seinem Auto.

Ein paar Stunden später hatte Tika die Verhandlungen mit Partner Nummer eins beendet und ihn zu seinem Auto begleitet. Efia nahm ihren ganzen Mut zusammen und erzählte Tika, was sie getan hatte. Tika runzelte die Stirn.

«Was willst du...»

Tika hielt inne und atmete tief durch. (Nun, warum eigentlich nicht? So löst sich doch das Problem ganz von selbst. Efia hat den ersten Schritt in Richtung Wissen und Verstehen unternommen, warum sollte ich sie nicht einweihen?)

So kam es, daß, wenn durch schlechtes Timing oder einfach nur durch einen unglücklichen Zufall ein «Zusammenstoß» drohte oder wenn Tika einen bestimmten Partner zu einem bestimmten Zeitpunkt nicht sehen mochte, Efia Nummer zwei geschickt davon überzeugte, daß er an einem anderen Tag wiederkommen möge, denn: «Madam ist leider noch nicht zurück» oder «Madams Onkel aus dem Dorf ist gerade zu Besuch» oder, wie es zweimal vorkam: «Madam geht es gar nicht gut, ein Pastor ist gerade bei ihr und betet für sie.»

«Oh Efia, was würde ich nur ohne dich machen?» lobte Tika.

«Ohne sie wäre ich verloren», erklärte sie Teacher.

Es war, als stünde alles unter einem makellosen Stern.

Doch eines Tages begann der Stern zu sinken.

Tika wollte gerade säumige Kunden aufsuchen und rief Efia zu sich: «Ich komme am Abend zurück, also koche den Reis gegen drei Uhr nachmittags. Aber bereite jetzt gleich den Eintopf vor, das Fleisch ist schon zu lange aus dem Gefrierschrank.»

Efia nickte gehorsam und erinnerte daran, daß Mr. Mensah gegen acht Uhr abends vorbeikommen wollte.

«Bis dahin bin ich längst zu Hause», beendete Tika das Gespräch.

«Wann ungefähr, Madam, nur für den Fall...»

«Gegen sechs.»

Tika hätte sich mühelos einen sehr guten Gebrauchtwagen leisten können. Aber das kam ihr gar nicht in den Sinn. Da sie oft unterwegs war, hätte sie dann auch einen Chauffeur gebraucht. Doch Hausboys und Hausmädchen, Fahrer und Hausmädchen, Gärtner und Hausmädchen, die trieben es doch nur immer miteinander. Nein, nein, das kam überhaupt nicht in Frage. Außerdem würde ein Fahrer im Haus nur ein weiteres Paar neugieriger Augen bedeuten. Nein, vielen Dank auch. Also nahm sie weiterhin lieber ein Taxi. Sie dirigierte den Fahrer zu ihrem ersten Kunden. Der Fahrer blickte Tika nach, wie sie in dessen Laden verschwand, senkte die Rücklehne seines Fahrersitzes und lehnte sich zurück. Er schloß die Augen und betete, daß er diese Lady den ganzen Tag fahren dürfte. (Schau mich an, ich bete für mein Glück, daß ich etwas Geld aus dieser Frau ziehen kann. Diese Marktmammies übernehmen bald das ganze Land. Sie blenden dich mit ihrer Affendemut, luchsen dir dein ganzes Geld ab, und dann wollen sie an die Macht. Ich wette...)

Seine tiefsinnigen Betrachtungen wurden jäh unterbrochen.

«Machen Sie auf! Fahrer! Aufmachen!»

Es war Lady-Passagierin, die heftig ans Fenster klopfte.

«Ich habe etwas Wichtiges zu Hause vergessen. Beeilen Sie sich doch! Fahren Sie mich schnell zurück, sonst werde ich heute nicht mehr fertig.»

Der Fahrer brauste los und fragte: «Das Geld?»

«Ja, irgendwie schon. Meinen Rechnungsordner. Wenn ich ihn nicht dabei habe, streiten sie mit mir wegen der offenen Posten.»

Der Fahrer sah die Chance gekommen, seine Passagierin zu überzeugen, daß sie ihn unbedingt den ganzen Tag in Anspruch nehmen müßte. Er fuhr wie der Teufel. Kaum hatte er vor dem Haus angehalten, war Tika schon ausgestiegen und rannte zur Haustür.

(Sie rennen nach dem Geld, sie rennen nach der Macht. Sie wollen die absolute Kontrolle).

Der Fahrer gewann den Eindruck, daß es an der Haustür für seine Kundin nicht besonders gut lief.

Tika stand da und bebte vor Zorn. Verzweifelt klopfte sie noch einmal.

So ein Mist! Warum war die Tür abgesperrt? Efia schloß nie die Haustür ab, wenn sie im Haus war. Das konnte nur bedeuten, daß sie fortgegangen war. Aber wohin? Sie sollte doch zu Hause bleiben und das Fleisch zubereiten.

Tika klopfte erneut und hatte noch immer kein Glück.

Sie stellte ihre Tasche auf die Brüstung und suchte ihren Schlüsselbund. Sie benutzte ihre Schlüssel selten. Sie hielt die Ersatzschlüssel für sämtliche Türen ihres Hauses und des Warenhauses in der Hand. Herrjeh, die sahen ja alle gleich aus! Welcher war jetzt für die Haustür? Warum konnte sie sich das nie merken?

Sie entschied sich für irgendeinen. (Glück, Glück, bitte, sei mir gnädig!)

Sie schob ihn ins Schlüsselloch. Es war ganz sicher der Falsche... aber, was war denn das? Es steckte ein Schlüssel von innen.

(Die Tür ist von *innen* abgeschlossen. Das ist es. Was zum Teufel geht hier vor?)

«Efia!»

Es blieb still.

«Efia!»

Keine Antwort.

Tika hämmerte gegen die Tür, voller Zorn und Wut.

Nichts rührte sich.

Sie wollte noch einmal klopfen, doch plötzlich hielt sie inne. Sie vernahm schlurfende Schritte. Sie preßte das Ohr ans Schlüsselloch, hörte jemanden flüstern.

Verdammt, was war hier los?

Sie hämmerte wieder gegen die Tür.

«Ich weiß, daß du da drin bist, also mach auf, Efia!» brüllte sie.

Nach einer kurzen Pause antwortete Efia: «Bitte, Madam, ich komme.»

Tika hielt noch immer ihr Ohr ans Schlüsselloch gepreßt. Die Küchentür zum Hinterhof fiel ins Schloß. Tika lief hastig ums Haus. Aber nichts war zu sehen.

Sie rannte zurück zur Haustür, und da stand Efia in der Tür, wie die Unschuld in Person.

«Kannst du mir verraten, was hier vor sich geht?» fragte Tika verärgert.

«Nichts, Madam.» Die zur Schau gestellte Gleichgültigkeit brachte Tika noch mehr in Rage.

«Du warst hier mit irgend jemandem und hast Gott-weiß-was gemacht, und du hast diese Person zur Hintertür rausgelassen, bevor du mir geöffnet hast. Stimmt's?»

«Nein, Madam.»

Tika kochte vor Wut. (Wie soll ich damit umgehen? Was soll ich machen? Wie lange geht das schon so? Lieber Gott! Das Mädchen hat das Haus ganz für sich allein, manchmal eine ganze Woche lang. Was geht hier vor? Was soll ich nur mit ihr machen?)

«Ich habe keine andere Wahl, ich muß das deiner Familie berichten. Ich muß sie darüber informieren, daß ich nicht bereit bin, so etwas hinzunehmen. »

Tika ging ins Schlafzimmer, um den Ordner zu holen, der auf dem Bett lag. (Wie gut, daß ich ihn vergessen habe!)

Unten an der Haustür hielt sie inne: «Ich bin jetzt wieder weg, Efia. Du kannst also da weitermachen, wo du aufgehört hast, was auch immer du gerade getan hast.»

Efia verzog keine Miene.

«Ich glaube, ich werde sogar gleich am Bahnhof vorbeifahren und eine Nachricht an deine Familie überbringen lassen. Ich möchte sie so bald wie möglich sehen.»

Tika war überzeugt, einen Triumph errungen zu haben. (Jetzt mußt du da drinnen vor Angst fast vergehen. Wie blöd! Bist du nicht gekommen, um für mich zu arbeiten? Wer hat dir gesagt, daß du mir alles nachmachen sollst?)

Aber während Tika im Taxi saß, das gen Innenstadt raste, und ihren Gedanken nachhing, schüttete Efia sich aus vor Lachen.

«Mach dich darauf gefaßt, deine Familie zu treffen», äffte sie Tika nach. Sie brach erneut in Gelächter aus und rief in Richtung geöffneter Schlafzimmertür: «Sie ist weg. Du kannst rauskommen!»

Der Typ, der unter Tikas Bett auftauchte, wirkte wie gelähmt vor Schreck, was Efia noch mehr erheiterte.

«Sie hätte mich beinahe erwischt. Sie hätte ja unter dem Bett nachsehen können.»

«Nein», entgegnete Efia selbstsicher, «ich habe nämlich die Küchentür zum Hof einmal auf- und wieder zugeschlagen. Also dachte sie, ich hätte dich rausgelassen, bevor ich ihr geöffnet habe.»

Der Typ zeigte sich beeindruckt.

«Und ich habe dich immer für ein bißchen dumm und naiv gehalten. Ey!»

Ohne Vorwarnung begann sie sich auszuziehen.

«Sie kommt nicht vor heute abend zurück. Laß es uns nochmal machen.»

«Aber wenn sie doch kommt?»

«Sie kommt nicht. Sie denkt, daß ich hier sitze, weine und zittere vor Angst, weil sie mir gedroht hat, alles meiner Familie zu erzählen.»

«Und warum hast du keine Angst?» fragte der junge Mann erstaunt.

«Hör auf mit der blöden Fragerei und laß uns weitermachen», wies Efia ihn an. «Und wenn es dir kommt, dann laß bloß dein Ding drin, ja. Ich mag das.»

VI

Teacher hatte lange Zeit schweigend zugehört.

«Du glaubst also, sie war da drin mit einem Mann?» fragte sie Tika. Daran bestand für Tika keinerlei Zweifel. Teacher war verärgert. Sie fühlte sich sehr verbunden mit den Mädchen, die sie vermittelte. Schon aus dem einfachen Grund, weil es ihren guten Ruf in der Stadt förderte, wenn die Hausmädchen ohne Probleme arbeiteten. Und wenn die Leute in der Stadt ihrerseits ihre Versprechungen einhielten, steigerte das Teachers Ansehen in Kataso. Dabei war Teacher keineswegs nur barmherzige Samariterin. Die kleinen Nebeneinkünfte, die ihre Bemühungen einbrachten, wußte sie durchaus zu schätzen. Wie hieß es noch: «Ein guter Ruf ist schön und gut, aber was läßt sich auf dem Markt davon kaufen?» Also her mit den Cassava, den Kochbananen und dem Buschfleisch von dankbaren Familien aus Kataso. Und her mit Stoffen und Bargeld von zufriedenen Leuten aus der Stadt. Leuten wie Tika eben. Also fühlte sich Teacher vom Problem Efia auch durchaus persönlich betroffen.

«Laß mich erst einmal die Wahrheit herausfinden, bevor wir entscheiden, was zu tun ist», bat sie Tika inständig.

Tika würde in den beiden nächsten Monaten sowieso sehr beschäftigt sein, da sie nach Togo, Lagos und Abidjan reisen mußte. «Das gibt dir jede Menge Zeit.» Teacher kannte glücklicherweise noch mehr Leute in Tikas Viertel. Zwei Familien in der Nachbarschaft hatte sie ebenfalls Hausmädchen besorgt. Von diesen Mädchen erfuhr Teacher, daß die Jungen in der Gegend Efia bereits *Cheap Chop*, Billigfleisch, nannten.

Als Tika von ihren Reisen zurückkehrte, hatte Teacher den Entschluß gefaßt: «Wir sollten ihre Familie herkommen lassen.»

Maame Amoakona war gerade dabei, eine Palmnuß für die Suppe zu stampfen, und hob rechtzeitig den Kopf, um die beiden Jungen zu erblicken, die sich von der Osiadan-Bushaltestellte näherten.

«Efia!» sagte ihr der Instinkt.

Sie nahm die Nachricht entgegen, ging geradewegs zur alten Dame und grinste breit.

«Es ist soweit!» rief die alte Dame begeistert aus. «Ooh! Meine Enkeltocher!»

Sie umarmte Maame Amoakona.

Mutter und Tochter hielten sich ganz fest und hingen ihren Gedanken nach. Dann löste sich Efias Mutter und fragte strahlend: «Wann fahren wir?»

«Nicht: wann fahren wir? Sondern: Wann fährst du?» korrigierte die alte Dame.

Maame Amaokona stutzte.

«Wann ich fahre? Mutter! Willst du mir jetzt alles allein überlassen?»

Die alte Dame gluckste vor Vernügen.

«Du Dummerchen», spottete sie, «das ist doch Teil des Plans.»

Sie setzte sich.

«Du wirst morgen früh aufbrechen nach Accra. Sie hat uns Geld für den Transport geschickt, oder?»

«Ja.»

«Gut. Du besuchst morgen diese Tika. Und wenn sie dir die Neuigkeit erzählt, bist du natürlich schockiert...»

«So?» fragte Efias Mutter.

Beide lachten.

«Ja», faßte die alte Dame zusammen, «sie muß dich als sehr geschockt und bestürzt wahrnehmen. Vielleicht solltest du noch irgend etwas tun, um es zu beweisen. Ja! Schlage sie!»

«Wen?»

«Efia natürlich. Wen sonst? Tika? Gib Efia nur ein paar deftige Ohrfeigen. Und zeige dich überwältigt von deinen Gefühlen.»

«Soll ich Tränen vergießen?»

«Das wäre prima. Aber was machst du, wenn keine Tränen kommen wollen?»

«Ich knote mir etwas gemahlenen Pfeffer in ein kleines Tuch und reibe ihn in die Augen. Das wird sie nicht mitbekommen.»

«Wunderbar. Reibe ihn dir in die Augen und weine wie ein Kind. Dann sage, das sei jetzt alles zu viel für dich, um damit allein fertig zu werden, und du müßtest nach Hause zurückkehren, um dich zu beraten.»

«In Ordnung.»

«Aber versprich mir, daß du in zwei Tagen zurück bist.»

«In zwei Tagen?»

«Ja. Und dann werde ich mitfahren.»

«Ach, Mutter!»

Es folgte eine Umarmung und noch eine Umarmung.

«Und mach deine Suppe fertig. Ich gehe zu deinem Mann. Er ist doch ansprechbar, oder?»

«Ja. Er ist gar nicht ins *Kill Me Quick* gegangen. Er hat nur den Rest aus der Flasche unter seinem Bett gekippt.»

Der Anblick von Maame Amoakona erweichte sofort Tikas Herz. (Wie kann ich Efia jemals zurückschicken? Das wird diese Frau umbringen.)

Aber als Tika erzählt hatte, was vorgefallen war, bemerkte sie, daß Maame Amoakonas anfänglich bedrückter Gesichtsausdruck offenem Verdruß wich. (Glaubt sie mir nicht?)

Maame Amoakona war so enttäuscht, sie konnte es tatsächlich kaum verbergen.

«*Darum* geht es also?» stieß sie verächtlich hervor.

Tika runzelte die Stirn und traute ihren Ohren nicht.

«Soll ich das so verstehen, daß Sie das, was Ihre Tochter getan hat, gar nicht so schlimm finden?»

Die eisige Kälte in Tikas Stimme schreckte Maama Amoakona auf.

«Nein! Madam Tika, bitte, so ist es nicht. Ich meine, ach...»

Sie sprang auf.

«Du dummes Ding!» schrie sie Efia an, die die ganze Zeit ruhig und hilflos daneben gestanden hatte. «Was hast du da gemacht?»

Und da sie nicht wußte, was sie sonst tun sollte, plazierte sie sechs Ohrfeigen hintereinander im Gesicht ihrer verdutzten Tochter.

«Aber Mutter!» setzte sie sich zaghaft zur Wehr.

«Halt bloß den Mund!» unterbrach Maame Amoakona. «Ich will kein Wort mehr von dir hören, hast du mich verstanden. Nicht ein Wort!»

Und versetzte ihr zwei weitere Ohrfeigen.

«Mutter! Aber...»

«Bitte», mischte Tika sich jetzt ein, ohne zu wissen, daß sie die Situation damit rettete. «Hören Sie auf, sie zu schlagen!»

Tika hätte Maame Amaokonas Seufzer der Erleichterung hören sollen. Die sprach: «Es ist nicht in Ordnung, Madam Tika. Sie hat noch mehr Schläge verdient. Du dummes Ding! Warte nur, bis dein Vater und deine Großmutter davon erfahren.»

«Bitte, es ist doch das erste Mal, Maame Amoakona. Bitte lassen sie es gut sein. Vor allem jetzt, wo sie weiß, daß ich nicht zögere, Sie zu informieren, bin ich sicher, daß so etwas nicht wieder vorkommt.»

Efias Mutter keuchte vor Zorn und Enttäuschung und erklärte schnippisch: «Umso besser für sie!»

Sie sank in einen gepolsterten Sessel. (Wie weich, wie bequem, wie angenehm! Wann, oh wann?) und schrie: «Geh, ich will dich nicht mehr sehen!»

Beide drückten ihr Bedauern über die unangenehme Situation aus, und Tika lud Maame Amoakona ein, über Nacht zu bleiben. «Es ist spät geworden. Es ist vielleicht schon dunkel, wenn Sie in Osiadan ankommen.»

(Weiches Bett, Essen aus der Stadt. Eine Gelegenheit, meiner armen Efia alles zu erklären). «Ich bedanke mich sehr, Madam Tika. Sie sind sehr freundlich. Vielen Dank.»

Sie rieb noch mehr Pfeffer in die Augen.

«Weinen Sie doch nicht, Maame Amoakona. Bitte, Efia!»

«Madam!»

«Komm und zeig deiner Mutter dein Zimmer. Sie bleibt über Nacht.»

Efia warf ihrer Mutter einen haßerfüllten Blick zu.

«Ich muß jetzt nochmal weg!» erklärte Tika. «Ich gehe auch bei Teacher vorbei und sage ihr, daß alles in Ordnung ist. Maame Amoakona, ruhen Sie sich schön aus. Und du Efia, denkst an den Eintopf, wir sind heute drei zum Essen.»

Efia stand da mit klopfendem Herzen und wartete darauf, daß Tika endlich verschwand, damit sie ihre Mutter bei lebendigem Leib verschlingen konnte.

«Das war doch alles nur Show», erklärte Maame Amoakona. «Ich mußte so tun, als ob ich wütend sei.»

Sie zeigte Efia das kleine Tuch mit dem Pfeffer.

Die verstand.

Und jetzt erzähl mal, derjenige der dich schwängern soll, war das der, mit dem du beinahe erwischt worden wärst?»

«Ich bin schon schwanger, Mutter.»

«Du bist schon...?»

«Ja, ich bin.»

«Ja? Oooh Efia! Ach...» Sie hielt plötzlich inne. «Woher weißt du das?»

«Die ganzen zwei Monate, in denen Madam weg war, habe ich mein Blut nicht gesehen.»

«Oooh! Efia! Und ich war so enttäuscht. Komm. Setz dich. Laß uns nachdenken. Nein. Du gehst und erledigst deine Arbeit in der Küche. Überlaß mir das Nachdenken.»

Als Tika zurückkam, erklärte Maame Amoakona: «Madam Tika, unsere Tochter hat große Schande über uns gebracht. Wenn ich morgen nach Kataso zurückfahre, werde ich alles berichten. Ihre Großmutter wird wahrscheinlich auch kommen wollen, um...»

«Nein, nein!» unterbrach Tika. (Mist, die wollen das jetzt ausnutzen, um sich hier einzunisten.)

«Maame Amoakona, das ist alles nicht so schlimm, daß die alte Dame deswegen extra herkommen müßte, wirklich nicht. Also bitte, lassen Sie uns die ganze Sache nicht unnötig aufbauschen.»

Efias Mutter lächelte. «Sie haben einmal mehr bewiesen, wie gutherzig Sie sind, Madam Tika. Vielen Dank. Und glauben Sie mir, so wie ich ihr Bescheid gesagt habe, wage ich zu bezweifeln, daß sie überhaupt nochmal einen Mann anschaut.»

Tika seufzte vor Erleichterung. (Schon gut, schon gut, so lange ihr mir vom Hals bleibt.)

Am nächsten Morgen packte Tika ein paar abgelegte Kleider in einen Karton. Maame Amakona dankte den Sternen, aber nicht wegen der alten Kleider.

«Madam Tika, bitte, darf ich Sie um Erlaubnis bitten, daß mir Efia hilft, den Karton zur Busstation zu bringen?»

«Natürlich. Aber, Maame Amoakona, ich bitte Sie. Sie müssen mich doch deshalb nicht um Erlaubnis fragen.»

Auf dem Weg zur Station sprach Maame Amoakona zu ihrer Tochter: «Ich habe sie gefragt, ob du mich begleiten kannst. Wenn ich also übermorgen mit deiner Großmutter wiederkomme, dann behaupte ich, daß du mir die Schwangerschaft unterwegs gebeichtet hast. Und ich werde sagen, daß ich davon so getroffen war, daß ich nicht einmal Mut gefunden habe, um mit dir zurückzukehren, um es ihr zu sagen. Daß ich deswegen nach Kataso weitergefahren wäre, um es gleich deiner Großmutter mitzuteilen.»

«Also kommst du mit Großmutter wieder?»

«Ja. Übermorgen.»

«In Ordnung.»

«Und wenn du noch mehr Ohrfeigen bekommst, denk daran, es ist alles nur Show.»

VII

Tika stand auf der Veranda, starrte vor sich hin und dachte über drei Dinge in der Reihenfolge ihrer Wichtigkeit nach. Zuerst dachte sie an das Unkraut, das aus den Ritzen des Zementbodens sproß... (Der muß ausgebessert und neu gestrichen werden. Ich hasse dieses Grünzeug). Danach kam ihr ihre Mutter in den Sinn, die sie, seitdem sie ausgezogen war, weder gesehen noch gesprochen hatte (Was sie wohl mit sich anfängt? Ob sie immer noch mit allen möglichen Männern ins Bett geht wie ein Teenager? Jetzt, wo ich aus dem Haus bin, wird sie sie wahrscheinlich nicht mehr im Motel treffen. Und das alles in dem Haus, das sie einmal mit meinem lieben Vater geteilt hat). Und schließlich schweiften ihre Gedanken zu den Männern... (Mit Mr. Kumi mache ich bald Schluß. Mr. Sowu ist nützlicher. Aber warum zum Teufel besteht Mr. Fameha neuerdings darauf, daß ich seinen verdammten Schwanz lutsche? Mein Gott, wie ich dieses Büschel grauer Haare hasse. Wird das irgendwann alles mal anders? Besser? Sch...?)

«Wohl eher schlechter», murmelte sie in sich hinein. Plötzlich sah sie zwei Gestalten auf sich zukommen.

(Verdammt noch mal! Was ist denn jetzt schon wieder los?)

Auf jeden Fall verhieß es wohl nichts Gutes, wenn Maame Amoakona und die Großmutter mit verdrießlichen Mienen nahten.

«Es tut mir leid, aber ich habe Sie überhaupt nicht erwartet», empfing sie die beiden und bat sie ins Wohnzimmer.

Der Kopf der alten Dame wollte gar nicht mehr stillstehen. Ihr ganzes Leben hatte sie in Kataso verbracht. Sie war nie weiter als bis Osiadan gekommen. Jetzt war sie zum ersten Mal in der Großstadt und saß zum ersten Mal in einem schön möblierten Zimmer. Sie staunte über die eleganten Möbel und ließ ihren Blick schweifen. Tika, die sie von der Seite beobachtete, dachte nur: «Alte Hexe!» Sie bat Efia, etwas Wasser zu bringen.

Efia füllte zwei Gläser mit eiskaltem Wasser und servierte es den Frauen. Maame Amaokona nahm es begeistert. In der großen Hitze war ihr eiskaltes Wasser sehr willkommen. Aber die alte Dame hatte nur noch die Hälfte der Zähne im Mund. Die Wirkung des eiskalten Wassers auf den Gaumen war ihr nicht ganz so willkommen. Sie nahm ein Schlückchen, spuckte es wieder auf den Teppich, biß ihre verbliebenen Zähne aufeinander und hielt sich den schmerzenden Kiefer.

«Was soll das?» schrie sie. «Willst du, daß mir meine restlichen Zähne auch noch ausfallen? Du ungezogenes Kind! Undankbares Geschöpf!»

Tika kriegte den Mund nicht zu. Warum war die alte Dame so grob mit ihrer Enkelin? Aber Maame Amoakona hatte alles durchschaut. Ihre Mutter hatte die Situation ausgenutzt, um Ärger über Efia zu demonstrieren. Das war nicht geplant gewesen, aber es diente der Sache.

«Mutter, du hättest auch einfach sagen können, daß es dir zu kalt ist», rügte Maame Amoakona und erhob sich, um den Teppich mit dem Hüfttuch abzuwischen.

Tika schrie entsetzt auf.

«Bitte lassen Sie das, Maame Amoakona. Das ist doch nur ein Teppich. Nehmen Sie doch wieder Platz.»

Efias Mutter seufzte schwer. «Wir sind alle so gereizt, wissen Sie, wegen dieses Problems, oh mein Gott!»

Sie schlug die Hände vors Gesicht.

«Wenn es irgend etwas zu besprechen gibt, dann sollten wir das jetzt tun», erklärte Tika.

«Madam Tika» warf die alte Dame ein. «Es ist etwas Schreckliches passiert.»

«Ist jemand gestorben?» fragte Tika irritiert.

«Nein», antwortete Efias Mutter. «Noch schlimmer.»

«Was kann schlimmer sein als der Tod?» wollte Tika wissen.

«Für arme Leute wie uns sind bestimmte Situationen schlimmer als der Tod. In Situationen wie diesen ist der Tod manchmal eher Erleichterung als Verlust.»

Tika begann zu schwitzen. (Das bedeutete nichts Gutes.)

«Madam Tika», faßte Maame Amoakona zusammen. «Vor zwei Tagen ist mir hier etwas aufgefallen. Ich habe Efia sofort danach gefragt, aber sie hat es vehement abgestritten. Dann...»

Die alte Dame fand, daß ihre Tochter Zeit verschwendete. «Madam Tika, Efia ist schwanger.»

Man hätte eine Stecknadel fallen hören können.

«Sie hat es mir erst am Busbahnhof gesagt. Madam Tika, glauben Sie mir, ich habe die Götter angerufen, damit sie mich auf der Stelle sterben lassen. Efia, was hast du uns da angetan? Das habe ich sie gefragt. Aber sie hat nur geweint.»

«Und sagtest du nicht, daß sie dazu gezwungen worden ist?» half die alte Dame nach.

«Ach ja. Ja. Das sagte sie mir, als der Bus gerade losfuhr. Er hat sie gezwungen.»

«Wer?» brachte Tika gerade noch hervor.

«Sie will es nicht sagen. Aber als meine Tochter in Kataso ankam und ich ihre Augen sah, habe ich gefragt: Amoakona, was ist los? Hast du dich mit jemandem geschlagen? Ihre Augen waren ganz geschwollen.»

«Ich konnte mich gar nicht beruhigen. Ich habe auf der ganzen Fahrt von Accra bis Osiadan und Kataso geweint. Was hätte ich sonst tun sollen?»

Sie schluchzte herzzerreißend.

«Sie ist nicht auf der Stelle umgekehrt, um es Ihnen zu beichten, weil sie so große Angst hatte», ergänzte die alte Dame.

«Und Efia hat immer noch nicht gesagt, wer dafür verantwortlich ist?»

«Nein!» antwortete die alte Dame.

Tika runzelte die Stirn. Sie rief Efia, die schüchtern ins Wohnzimmer trat. Die bestätigte alles, was ihre Verwandten gesagt hatten.

«Und willst du uns nicht sagen, wer es getan hat?»

Efia schüttelte den Kopf.

«Madam Tika» begann die alte Dame, sie glitt vom Sessel und ging vor Tika auf die Knie.

Tika erstarrte. «Was tun Sie da? Bitte stehen Sie auf!» schrie sie und führte die alte Dame zurück zu ihrem Sessel.

Deren Gesicht war inzwischen tränenüberströmt. «Wir sind arme Leute», hob sie an. «Sie haben uns sehr geholfen, indem sie Efia zu sich genommen haben. Und jetzt das. Habe ich nicht allen Grund zum Weinen und Klagen?»

Noch bevor Tika antworten konnte, war auch Maame Amoakona auf die Knie gefallen, heulte und verfluchte Efia. Dann umklammerte sie Tikas Beine. Tika versuchte verzweifelt, sich zu befreien. «Bitte, lassen Sie mich. Lassen Sie meine Beine los!»

«Madam Tika, bitte, im Namen unseres großen, allmächtigen Gottes und im Namen unserer Vorfahren, bitte lassen Sie unsere Tochter nicht fallen. Lassen Sie Gnade walten. Haben Sie Mitleid mit uns. Was können wir schon für sie tun? Schauen Sie uns an. Denken Sie an Ihren Vater. Sie haben alles mit eigenen Augen gesehen, nicht wahr? Oh, mein Gott!»

Die alte Dame fragte sich, welcher Teil des Spiels jetzt zur Aufführung kam und beobachtete ihre Tochter voller Bewunderung.

«Madam Tika», fuhr Maame Amoakona fort. «Bitte schicken Sie Efia nicht zurück zu uns. Bitte! Und wenn sie das Baby zur Welt bringt, dann gehört es Ihnen. Wir schenken es Ihnen. Bitte.»

«Ja, Madam Tika. Hören Sie auf die Stimme einer alten Frau. Mein Enkelkind gehört Ihnen. Behalten Sie Efia bei sich. Und wenn sie das Kind zur Welt bringt, dann soll Ihnen mein Urenkel gehören. Das ist ein Geschenk Gottes. Glauben Sie mir. Die Götter und Vorfahren haben es so gewollt. Es ist Ihr Kind.»

Tika sehnte sich verzweifelt nach Teacher. Sie starrte in die Gesichter um sie herum und erklärte seufzend: «Ich werde sorgfältig darüber nachdenken. Aber ich möchte, daß Sie morgen früh wieder abreisen. Sie beide. Efia kann bleiben, bis ich eine Entscheidung getroffen habe.»

Später am Abend auf ihrem Zimmer gratulierten Großmutter und Mutter sich mit gedämpfter Stimme gegenseitig.

«Ich wußte gar nicht, daß du so viele Tränen vergießen kannst, Mutter. Du hast nicht halb soviel geweint, als Vater starb, oder?»

«Warum hätte ich auch? Dieser Mann hat... Wieviele waren wir? Manchmal komme ich gar nicht nach mit dem Zählen.»

«Ihr wart fünf, Mutter.»

«Ja. Die Konkubinen nicht mitgerechnet. Und was hat er mir hinterlassen, als er starb? Sorgen. Sorgen, nichts als Sorgen.»

«Ach, Mutter!»

«Ich sage dir, wenn ich sterbe und da hochfahre, weißt du, was ich dem lieben Gott erzähle? Daß er, wenn er uns wieder runterschickt auf die Erde, mich und deinen Vater noch mal heiraten lassen soll. Nur diesmal werde ich der Mann sein und er die Frau.»

«Ach, Mutter!»

Gelächter.

«Ach, Großmutter!»

Noch mehr Gelächter.

So weit, so gut. Was könnte noch schiefgehen?

«Paß nur auf, daß du nicht mehr redest, als nötig», ermahnten sie Efia.

«Was ist, wenn Auntie Teacher versucht, mich zum Sprechen zu bringen?» fragte Efia.

«Du sagst nichts.»

«Und mach dir keine Sorgen. Wir bleiben in Verbindung.»

VIII

Tika trank Bier und Teacher Bluna Tropic. Sie saßen im *Crabs-don't-get-birds*.

«Irgend etwas stimmt da nicht», meinte Tika plötzlich und schreckte Teacher aus ihren Gedanken auf.

«Was zum Beispiel?»

«Ich habe dir doch gesagt, die Mutter habe erzählt, Efia habe ihr die Schwangerschaft auf dem Weg zum Bahnhof gestanden. Als ich Efia gefragt habe, wer der Vater sei, antwortete die Großmutter sofort, daß Efia sich weigern würde, den Namen zu nennen. Verstehst du?»

«Was soll ich verstehen?»

«Na, schau mal...»

«Ich schaue ja schon...», entgegnete Teacher lachend.

«Ach, Teacher. Jetzt mal ernsthaft. Das ist nicht lustig. Hör zu, ich bin den beiden begegnet, gleich als sie ankamen. Efia haben sie erst später im Wohnzimmer getroffen. Und die ganze Zeit habe ich die drei nicht für einen einzigen Moment allein gelassen. Nur um mir Klarheit zu verschaffen, habe ich gefragt, ob Efia den Namen des Mannes noch immer nicht nennen wolle. Und die Betonung lag auf *immer noch*. Und rate mal, wer wieder ganz schnell antwortete? Die Großmutter.»

«Also wann, bitteschön, können sie Efia *nochmal* gefragt haben?»

«Na ja, vielleicht...» Aber Teacher fiel keine passende Antwort ein. «Na, verstehst du jetzt?»

«Ja. Stimmt. Sie hatten gar keine Gelegenheit, nachzufragen. Sie verschweigen irgendwas. Vielleicht haben sie einen Tag vorher irgend jemanden zu Efia geschickt, um mit ihr zu reden.»

«Oder Efia hat am Bahnhof ihrer Mutter den Namen sehr wohl genannt. Aber sie haben ihre Gründe, ihn mir nicht zu nennen.»

«Was auch immer es ist, ich glaube, je früher du sie los wirst, desto besser. Diese Leute vom Dorf können manchmal abscheulich sein. Und das hier könnte kompliziert werden.»

Tika pflichtete Teacher bei. Auf der anderen Seite brauchte sie ein Hausmädchen. Teacher versprach, ihr schnell ein neues zu besorgen.

«Je schneller es klappt, desto besser. Ich fahre am Freitag nach Kataso, um mich umzuhören.»

Tika verabschiedete sich, nicht ohne ihr Geld für diesen Zweck dazulassen.

Als Efias Vater das *Kill Me Quick* betrat, suchte er eigentlich keinen Streit. Er wollte sich nur sinnlos besaufen. Aber der erste Drink, der ihm vorgesetzt wurde, stellte sich als zu leicht für seinen Geschmack heraus. «Das Viertel da ist gepanscht!» beschuldigte er die Akpeteshie-Verkäuferin.

«Seit wann kommst du eigentlich hierher? Und wann habe ich dir schon mal was Schlechtes vorgesetzt?» fuhr sie ihn an. «Du armseliger Lügner.»

«Ich lüge nie», gab Efias Vater zurück. «Schon gar nicht deswegen», und er zeigte auf das Glas. «Und bei der häßlichen Visage von dieser Hexe von Schwiegermutter, die glaubt, daß ich ihre Tochter nicht verdient habe, schwöre ich, daß dieser erste Drink verdünnt war.»

Die Wirtin beschloß, ihn zu ignorieren. Laß doch diesen Betrunkenen so lange reden, bis er müde ist. Aber ein anderer Säufer war der Meinung, daß es im ganzen Land keinen besseren Akpeteshie gab als im *Kill Me Quick*, und wollte dies Efias Vater jetzt beibringen.

«Meinst du nicht, daß dein Mund vielleicht voller Gras ist und der Gin deswegen verwässert schmeckt?» gab er zu bedenken.

«Du dreckiger Abschaum!» schimpfte Efias Vater. «Zumindest hat keine meiner Töchter sechs Kinder von sechs verschiedenen Männern.»

Er erwartete weitere Attacken, doch zu seiner Verblüffung brach der Mann in schallendes Gelächter aus, hielt sich den Bauch und fuchtelte wild mit den Armen in der Luft herum.

«Bei Jehova! Schaut euch an, wer da spricht?» Er hielt noch immer seinen Bauch und steckte andere mit seinem Gelächter an.

«Habt ihr jemals gehört, daß eine meiner Töchter mit viel Trara in die Stadt gegangen ist, um dann zurückgeschickt zu werden, weil sie...»

Efias Vater runzelte die Stirn.

«Willst du mich beleidigen?» erkundigte er sich.

Doch der Mann schüttelte sich nur weiter vor Lachen. «Guck dich bloß an», höhnte er. «Du bist so besoffen, daß du dich nicht einmal an deine eigenen Probleme erinnern kannst. Du bist so ein Idiot.»

«Ich, ein Idiot? Ich soll mich nicht an meine Probleme erinnern können? Habe ich nicht gerade über meine Schwiegermutter geredet?»

Allmählich dämmerte es dem Saufkumpan. Er setzte eine Unschuldsmiene auf und schrie: «Freunde! Der arme Mann weiß es noch gar nicht.»

Efias Vater versuchte, in den Gesichtern der anderen zu lesen, er verstand überhaupt nichts mehr.

«Deine Tochter, die in die Stadt gegangen ist, hast du nicht gehört, daß sie...», er kreiste mit den Hüften, «... bamm! Der Ball ging rein! Toooor!»

Wildes Gelächter.

Efias Vater leerte hastig sein Glas, griff nach der halbleeren Flasche, wickelte sie in sein Tuch und verließ die Runde, verfolgt von Geschrei und Gelächter.

«Was zum Teufel geht hier vor?»

Efias kleiner Bruder jagte mit seinen Freunden Vögel für das Mittagessen, als einer der Jungen bemerkte: «Ach, deine Schwester, wenn es das war, was sie wollte, warum ist sie dann in die Stadt gegangen? Welches Mädchen geht in die Stadt, um ein Kind zu kriegen?» Efias Bruder wollte sich auf der Stelle Klarheit verschaffen und eilte nach Hause, um mit seiner Großmutter zu sprechen.

Maame Amoakona befand sich auf dem Heimweg von der Farm, als eine Freundin ihr zurief:

«Ach, Maame Amoakona. Du hast mein ganzes Mitgefühl. Ich kann deinen Kummer verstehen. Ich kann es dir nachfühlen. So eine verpatzte Chance.»

Maame Amoakonas Blick verfinsterte sich.

«Ich weiß nicht, wovon du sprichst», sagte sie.

«Ach, Maame Amoakona», sagte die Freundin mitleidig, «wie lange willst du uns etwas vormachen? Etwas anderes wäre es gewesen, wenn die Frau aus der Stadt sie behalten würde. Aber da Auntie Teacher gekommen ist, um ein neues Hausmädchen zu suchen, heißt das wohl, daß sie Efia zurückschicken wird, oder... ey! Hast du es denn noch nicht gehört? Ach, dann ist es wahr, was die Alten sagen, daß der, für dessen Hals die Axt bestimmt ist, sie als letzte auf sich zukommen sieht. Ich glaube, du solltest schnell heimgehen.»

Die Frau verschwand in ihrer Hütte.

Maame Amoakona fand zu Hause eine völlig verstörte Großmutter vor.

«Schnell, beeil dich», befahl die alte Dame, sobald sie ihre Tochter erblickte. «Gehe in das Zimmer deines Mannes und sieh nach, ob du irgendwas findest. Nur ein bißchen, für ein Trankopfer.»

Aber Maame Amoakona bewegte sich nicht vom Fleck.

«Die Götter und Vorfahren sind vermutlich schon über uns verärgert, Mutter. Hätten sie sonst zugelassen, daß Tika Efia zurückschickt?»

«Willst du damit sagen, daß wir hier herumsitzen und die Hände in den Schoß legen sollen? Kind, geh und hol das Getränk. Was auch immer wir getan haben, was das Mißfallen der Götter erregt hat, ich werde sie um Vergebung bitten. Dann werde ich sie anflehen, uns in dieser Sache beizustehen. Das wird funktionieren. Du wirst schon sehen. Geh jetzt und hol die Flasche», drängte sie.

Efias Mutter warf ihrer Mutter einen hilflosen Blick zu und verließ widerstrebend den Raum. Kurz darauf kam sie zurück und erklärte, daß die Flasche leer sei.

«Dann bringe mir Wasser. Eine Kalebasse voll», beharrte die alte Dame.

Jetzt hatte Maame Amoakona genug.

«Wenn ein Trankopfer dargebracht wird, muß das mein Mann tun, Mutter. Du schändest die Götter und Vorfahren. Du bist zwar alt, aber du bist eine Frau, die menstruiert hat. Und auch die Menopause reinigt dich nicht ausreichend, damit du das Trankopfer darreichen darfst. Und vielleicht geht jetzt alles schief, weil du die Regeln nicht eingehalten hast. Glaubst du nicht?»

Die alte Dame zeigte sich schockiert.

«Du wagst es, dich gegen mich und vor deinen Mann zu stellen? Diesen dämlichen Trunkenbold? Wir haben einfach nur Pech gehabt. Ich hatte schon angefangen, etwas besser von ihm zu denken. Und jetzt das! Und du nimmst dir heraus, die Schuld bei meiner Unreinheit zu suchen? Ich will dich nicht mehr sehen. Geh! Wenn du meinst, daß er nüchtern genug ist, um das Trankopfer darzureichen, dann rufe ihn. Gehe jetzt!»

Efias Mutter eilte zum *Kill Me Quick.* Sobald ihre Tochter außer Sichtweite war, holte die alte Dame eine Kalebasse voll Wasser und verschwand hinter dem Compound.

Maame Amoakonas Angetrauter kam ihr bereits in einer Art Trance entgegen. Den Grund für seinen Zustand brauchte ihr niemand zu erklären. Wortlos traten sie den Heimweg an. Sie kamen gerade rechtzeitig, um die alte Dame mit der Kalebasse in der Hand hinter der Hütte zu erwischen.

«Mutter!» schrie Maame Amoakona erschrocken. «Du hast also...»

«Hab ich nicht!» erwiderte die alte Dame kurz angebunden und wenig glaubhaft.

«Was hast du getan?» rief Efias Vater, der allmählich begriff, daß hier etwas nicht stimmte.

«Halt du dich da raus!» sagte die alte Dame schnippisch. Sie war sich keiner Schuld bewußt.

Efias Vater drohte vor Wut zu platzen.

«Ich gehe gleich hinter die Hütte, du alte Hexe, und ruf die Götter an, damit sie das, worum auch immer du sie gebeten hast, rückgängig machen. Hast du verstanden?»

«Laß dich nicht aufhalten!» gab die alte Frau zurück. «Geh und bring dein Trankopfer. Wer hat eigentlich gesagt, daß den Göttern ein Trunkenbold lieber ist als eine Frau?»

Maame Amoakona protestierte heftig, aber der Vater wickelte die halbe Flasche Akpeteshie aus, die er in seinem Tuch versteckt hatte, entriß der alten Dame die Kalebasse und trat hinter die Hütte.

«Es wird alles nur noch schlimmer», jammerte Maame Amoakona.

Doch im Morgengrauen des folgenden Tages wurde sie von der alten Dame geweckt, die sie zu ihrer großen Überraschung anlächelte. «Ich hab dir doch gesagt, daß die Götter eher auf eine Frau hören als auf einen Säufer», belehrte sie ihre Tochter. «Sie haben mir den Weg gewiesen, wie wir Tika dazu bringen können, das zu tun, was wir wollen.»

Maame Amoakona rieb sich eifrig den Schlaf aus den Augen.

«Wer war das nochmal, der Efia geschwängert hat?» fragte die alte Dame.

«Sie sagt, sie hat mit verschiedenen Männern geschlafen. Der, mit dem sie beinahe erwischt worden wäre. Der Bauarbeiter. Der Lottoausrufer am Bahnhof. Der Tänzer von...»

«Tänzer?»

«Ja.»

«Der wird bezahlt, damit er tanzt?»

«Das hat sie gesagt.»

«Aber, deine Tochter, hätte sie sich nicht bessere Männer aussuchen können?»

«Ich kann mich nicht erinnern, daß wir ihr das geraten hätten, Mutter.»

Die alte Dame blickte sie mißbilligend an.

«Was soll das jetzt?»

«Nein, so meine ich das nicht», erklärte Maame Amoakona stockend. «Es ist nur so, daß ich meine, wir sollten nicht vergessen, daß alles, was sie getan hat, deine Idee war.»

«Du möchtest wohl nichts mehr davon wissen, welche Rolle dein Nichtsnutz von einem Ehemann dabei gespielt hat? Also erinnere mich dann auch nicht daran, wessen Idee es war, ja?»

«Ja, Mutter.»

«Und jetzt höre zu, was die Götter mir aufgetragen haben. Ist diese Tika nicht eine stadtbekannte Hure?»

«Mutter!» Maame Amoakona war überrascht. Was kommt jetzt? fragte sie sich.

«Wenn also Efia behaupten würde, es wäre einer von Tikas Männern...»

«Mutter!»

«Halte den Mund und laß mich nachdenken. Es müßte einer sein, der verheiratet ist. Einer, der Angst um seinen guten Ruf hat. Einer, der auf keinen Fall möchte, daß herauskommt, daß er diese Tika besucht. Denn um die Wahrheit herauszufinden, müssen Fragen gestellt werden. So zum Beispiel, was er dort will. Verstehst du?»

«Ach, Mutter.» Maame Amoakona wirkte schon wieder entspannter.

Die alte Dame lächelte.

«Dieser Tika wird nichts anderes übrigbleiben, als Efia zu behalten und meinen Urenkel als ihr Kind und zukünftigen Erben anzunehmen.»

«Ach, Mutter!»

«Also schicke gleich jemanden nach Osiadan. Teacher und diese Tika sollten noch heute die Nachricht erhalten, daß sie uns morgen erwarten können. Beeile dich.»

«Ja, Mutter.» Es klang ehrfürchtig.

IX

Teacher erhielt die Nachricht kurz vor Schulschluß, was sie veranlaßte, direkt nach der Arbeit Tika aufzusuchen. Doch die war nicht zu Hause.

«Sie hat gesagt, sie wolle nach Tema fahren», erklärte Efia.

Also hinterließ Teacher eine Nachricht für Tika mit der Bitte, möglichst noch heute bei ihr vorbeizukommen. Die Sache sei dringend. Aber Tika kam erst recht spät nach Hause und beschloß, bis zum nächsten Tag zu warten und Teacher in der Schule aufzusuchen. Als sie von dem bevorstehenden Besuch von Efias Familie hörte, grollte sie: «Diese Reise werden sie umsonst antreten. Soviel steht fest.» Sie bat Teacher, ebenfalls anwesend zu sein. Teacher sagte zu.

Efias Verwandte trafen kurz vor Mittag ein, fanden Efia allein im Haus vor und deuteten dies als weiteres Zeichen der Unterstützung der Götter. «Sie haben gewußt, daß wir Zeit mit Efia allein brauchen, bevor wir dieser Tika begegnen», erklärte die alte Dame.

Sie beriefen sofort eine kleine Versammlung ein.

Efia wurde kurz in Kenntnis gesetzt über Tikas Absicht, sie zurück nach Kataso zu schicken. Sie heulte auf vor Entsetzen. Der bloße Gedanke, wieder ein Leben in Kataso zu fristen, erfüllte sie mit allergrößter Panik.

«Werdet ihr das zulassen? Daß sie mich zurückschickt?» fragte sie ihre Großmutter.

Die alte Dame lächelte.

«Meine Enkeltochter, weißt du, was der liebe Gott gemacht hat, kurz nachdem er die Katze mit ihrem Appetit auf Mäuse erschaffen hat? Er stattete die Maus mit der Fähigkeit aus, der Katze zu entwischen.»

Sie erklärte Efia haargenau ihren Plan.

Vier von Tikas Geliebten standen zur Auswahl. Ohne lange Umschweife fiel das Los auf Mr. Nsorwhe.

Nsorwhe, ein Mann von gedrungener Gestalt, war Manager einer großen Geschäftsbank. Er war engagiertes, leitendes Mitglied zweier kirchlicher Vereinigungen. Seit siebzehn Jahren war er verheiratet und hatte zwei Kinder, die beide eine sehr angesehene Schule besuchten. Er war, alles in allem, das ideale Opfer.

Als Tika mit dem Taxi nach Hause fuhr, blickte sie auf die Uhr und entschied spontan, erst noch Teacher abzuholen. Die Fahrt verbrachten sie schweigend, beide hingen ihren Gedanken nach. Erst als sie vor Tikas Haus ausstiegen, fragte Teacher, was sie denn zu tun gedenke, falls sie gedrängt würde, Efia zu behalten.

«Ich werde sie ganz sicher nicht behalten», antwortete Tika. »Aber ich werde mich weiter um sie kümmern, wenn sie in Kataso lebt. Und eines Tages, wenn ihr Baby groß genug ist, daß sie es bei ihrer Familie lassen kann, könnte es sein, daß ich ihr doch die Schneiderlehre ermögliche. Denn egal, was sie getan hat, Tatsache ist, daß sie mir in der kurzen Zeit sehr gute Dienste geleistet hat. So ist es doch, oder?»

Teacher lächelte.

«Dein Väter wäre stolz auf dich, Tika», erklärte sie.

Tika kicherte: «Falls er uns sieht.»

Schon beim Betreten des Hauses bemerkte Tika, wie genüßlich sich Efias Familie in ihrem Wohnzimmer ausgebreitet hatte.

«Die fühlen sich hier schon ganz zu Hause», dachte sie.

Höflich hieß sie die zwei Frauen willkommen und fragte Efia, ob sie den Gästen schon ein Glas Wasser angeboten habe.

«Oh ja, das hat sie», entgegnete die alte Dame. «Wir sind hier schon seit kurz vor Mittag, wissen Sie. Und was Wasser angeht, das haben wir schon reichlich getrunken.»

Tika ignorierte diese Spitze.

«Wir haben die Nachricht erhalten, daß Sie uns besuchen, aber wie Sie wissen, Geschäft ist Geschäft. Und Teacher mußte unterrichten. Also bitte.»

Tika dachte gar nicht daran, sich zu entschuldigen, obwohl sie wußte, daß es von ihr erwartet wurde. Diese Dörfler gingen ihr allmählich auf die Nerven.

«Wir sind gekommen», fuhr die Großmutter fort, »weil der Wind die Nachricht in unser Dorf getragen hat, daß Sie auf der Suche nach einem neuen Hausmädchen sind...» Tika und Teacher waren vollkommen überrascht. Das hatten sie nicht erwartet.

«...was wir nur so verstehen können, daß Sie trotz unserer Bitten beabsichtigen, Efia zurückzuschicken. Das ist eine ziemlich unglückliche Entwicklung der Dinge...»

Tika zuckte zusammen.

«...denn das ließ uns keine andere Wahl, als Efia zu drängen, den Vater preiszugeben...»

«Und das haben Sie getan?» mischte sich Teacher besorgt ein.

«...da wir, wie Sie wissen, zu arm sind, um diese Last selbst auf uns zu nehmen.»

«Also?» fragte Tika.

Jetzt übernahm Maame Amoakona. «Als wir heute morgen aufbrachen, dachten wir, wir würden Sie hier antreffen, so daß wir gemeinsam bei Efia hätten nachbohren können. Aber so mußten wir es alleine tun. Gottseidank haben wir es herausbekommen.»

Tika hätte eigentlich erleichtert sein können, aber irgend etwas im Gesichtsausdruck der alten Dame hielt sie davon ab.

Teacher bemerkte Tikas Schweigsamkeit und mischte sich ein: «Das ist doch gut, nicht wahr? Daß Sie jetzt wissen, wer es ist. Das ist doch genau das, was wir alle wollten, oder?»

Aber die alte Dame entgegnete: «Ich glaube *nicht*, daß alles so gut ist.»

Tika und Teacher wechselten besorgte Blicke.

«Der Mann,» fuhr die alte Dame fort, «ist einer Ihrer Freunde, Madam Tika.»

«Einer meiner Freunde?» fragte sie und nestelte nervös mit den Händen.

«Ich fürchte ja», antwortete die alte Dame. Dann wandte sie sich an Maame Amoakona und forderte sie auf: «Sag ihr, was Efia erzählt hat.»

Die Mutter räusperte sich.

«Sie sagte, es war einer Ihrer Geschäftspartner, der immer, wenn er kam, mit Ihnen hinter der verschlossenen Schlafzimmertür verschwunden ist, um Besprechungen durchzuführen. Sie sagte, dieser Mann sei eines Tages hier vorbeigekommen, um Sie zu besuchen, während Sie unterwegs waren», sprang die alte Dame ein. «Aber er kam offensichtlich zu gut vorbereitet...»

«Auf was?» fragte Tika scharf.

Die alte Dame kicherte triumphierend.

«Sind Sie hierhergekommen, um Streit zu suchen?» wollte Tika wissen.

«Natürlich nicht. Wie könnten wir es wagen, in Ihrem eigenen Haus Streit mit Ihnen anzufangen? Aber so wie meine Enkelin berichtet hat, war der arme Mann enttäuscht und so erregt, daß er seine Frustration an meiner Enkelin ausgelassen hat. Efia sagte, daß es so schnell gegangen wäre, daß sie gar nicht mehr um Hilfe rufen konnte. Und das Ergebnis haben wir jetzt.»

«Efia, komm doch mal her!» rief Tika.

«Madam», antwortete Efia. Schüchtern trat sie ins Wohnzinmer.

«Ist das wahr, was deine Familie sagt?»

Schweigen.

«Hast du diese Angaben gemacht?» rief Teacher.

Keine Antwort.

«Hat es dir die Sprache verschlagen?» schimpfte die alte Dame.

Efia stotterte herum. Tika wurde allmählich mißtrauisch.

«Efia», sprach sie mit einschmeichelnder Stimme. «Schau mich an. Was hast du deiner Großmutter und Mutter erzählt? Du brauchst keine Angst zu haben. Sage es mir.»

«Daß es..., also, es war... ähm... Mr. Nsorwhe.»

Tika schrie: «Nsorwhe hat dich also geschwängert? Und du bist sicher, daß es Nsorwhe war?»

«Ja... ja.»

Tika brach in ein hysterisches Lachen aus.

«Sie steht unter Schock», dachte Teacher. «Jetzt dreht sie durch.»

«Kann ich mit dir alleine sprechen?» Sie wartete erst gar nicht mehr die Antwort ab und zog Tika ins Schlafzimmer.

Als die beiden zurück ins Wohnzimmer kamen, wirkte Teacher gesammelt und beruhigt. Was war dort vorgegangen? Es war Teacher, die das Wort ergriff.

«Tika möchte, daß ich euch mitteile, daß sie alles zur Kenntnis genommen hat und die notwendigen Schritte veranlassen wird.»

«Ja», warf Tika ein, «und ich möchte auch, daß ihr wißt, daß durch puren Zufall, Ananse, die Spinne, erfolgreich das Königreich des Dschungels übernommen und den Löwen dazu gebracht hat, sein beschämtes Gesicht in der Ecke zu verstecken. Ich danke euch aufrichtig.»

Mutter und Großmutter tauschten besorgte Blicke.

«Ich werde Nsorhwe umgehend informieren», fuhr Tika unbeirrt fort und fragte Efia noch einmal: «Du sagtest doch, es war Nsorhwe, oder?»

Efia zappelte so nervös herum, daß die alte Dame ihre Enkelin am liebsten erschlagen hätte.

«Keine Sorge» fuhr Tika fort, «solange du sicher bist, daß er es war, wird er das tun, was er zu tun hat. Glaube mir.»

Sie lächelte süß.

Die alte Dame hätte ihr am liebsten das Lächeln vom Gesicht gerissen.

«Kind einer Hure, die selber eine Hure geworden ist.» Allmählich begann sie, sich wegen der verwirrenden Zeichen der Götter Sorgen zu machen. Auf wessen Seite standen sie eigentlich?

X

Tika hatte mit Nsorwhe nur zweimal Sex gehabt. Ja, er hatte sie öfter besucht, aber es bedurfte mehrere solcher Besuche, bevor Tika von der Notwendigkeit überzeugt war, ihn an sich heranzulassen. Sie brauchte einen Überziehungskredit von seiner Bank, und er war der Mann, der ihn beschaffen konnte. Also schloß sie die Augen und stellte sich vor, es sei ein anderer. Als es vorbei war, rannte sie ins Badezimmer und übergab sich.

Nsorwhe war ein Mensch, der sich nichts vormachte, schon gar nicht, was sein Aussehen betraf. Er war klein und dick, hatte ein Mondgesicht und einen Schwabbelbauch, einen Quadratschädel und einen Hintern, der einer Mammie vom *Makola-Market* zur Ehre gereicht hätte, kurz: Er sah aus, als hätte sein Schöpfer am Tag seiner Entstehung verdammt schlechte Laune gehabt. Doch was ihm an äußerlicher Attraktivität fehlte, wurde mehr als ausgeglichen durch seine Geistesgaben. Er durchlief die Schule komplett gefördert von Stipendien. Nach dem Examen in Ghana erhielt er ein weiteres Stipendium für ein Aufbaustudium in England. Die ganze Zeit über jedoch war er sozusagen jungfräulich geblieben.

An der Universität in London, wo sein Superhirn ständigen Anlaß für Diskussionen bot, kam ihm eines Tages die Idee, daß sein scharfer Verstand doch vielleicht seine Häßlichkeit übertrumpfen und ihm zu einer Freundin verhelfen könnte. Nsorwhe war, wie bereits erwähnt, durch und durch Realist. Er wußte, daß, hoher IQ hin oder her, er gewiß nicht gerade bei der zukünftigen Miss Ghana landen konnte. Also richtete er seine Aufmerksamkeit auf eine Psychologiestudentin im zweiten Semester, die ihrerseits nach den allgemein üblichen Standards nicht gerade als Schönheit gelten durfte. An einem Freitagnachmittag nach den Vorlesungen folgte er ihr und holte sie ein. «Morgen abend gibt es einen guten Film im Clubhaus. Ich würde gerne wissen, ob es Ihnen möglich wäre, sich ihn mit mir zusammen anzuschauen?» Schon während Nsorhwe diese Worte sprach, stellte sich das Mädchen die häßliche Figur in der Eingangshalle des Wohnheims vor. Wie sie dort das Pförtnerhäuschen passierte unter dem Gekichere der Mädchen, die dort wie üblich herumstanden und sich nun fragten, wen zum Teufel dieser äußerst unansehnliche Homo sapiens suche.

Und wie sie wenige Minuten später mit dieser scheußlichen Kreatur die Treppe herunterkommen und mit ihr zusammen das Gebäude verlassen würde – unter einer hohen Woge von Hohn und Spott.

Sie blickte Nsorhwe angewidert ins Gesicht, wich entsetzt zurück, rannte in ihr Zimmer und heulte geschlagene drei Stunden lang. Sie wußte ja, daß sie unattraktiv war, hatte aber nie gedacht, so schrecklich auszusehen, daß ausgerechnet Nsorwhe sich mit ihr verabreden wollte. Das war die schrecklichste Ohrfeige, die sie je bekommen hatte. Und genau so erklärte sie es Nsworhe. Das war der Tropfen, der das Faß zum Überlaufen brachte und den letzten Rest an männlichem Selbstvertrauen, das Nsorwhe noch besessen hatte, mit einem Schlag vernichtete.

«Ein Mädchen, das sich dafür entscheidet, mit mir zusammen zu sein, muß schon sehr verzweifelt sein», stellte er resigniert fest und überließ die Dinge ihrem Schicksal.

Eines Tages begegnete ihm eine sehr frustrierte Ghanaerin, die in London ums Überleben kämpfte. Cherry putzte tagsüber Toiletten und kellnerte abends in einer heruntergekommenen Bar. Eine jener Bars, die für Typen wie Nsorwhe geschaffen worden sind. Dort erregte er zum ersten Mal ihre Aufmerksamkeit. Sie, die Tochter eines Ex-Staatsministers, der plötzlich an einem Herzanfall gestorben war, als seine Regierung einem Putsch zum Opfer fiel, war über Nacht zum Nichts geworden. Cherry fand sich plötzlich auf der harten Seite des Lebens wieder. Dazu war sie noch mit einer unehelichen Tochter belastet. Das Leben wurde zur Hölle. Wohl nur der Himmel konnte ihr helfen, da herauszukommen. Sie erfuhr, daß Nsorwhe ungebunden war, daß er es sicher zum Doktor bringen würde und nach Beendigung des Studiums in Ghana ein gutes Leben auf ihn wartete. Cherry hatte ihren Retter gefunden. Sie fackelte nicht lange und lud eines Nachts den verblüfften Nsorwhe in ihr eher deprimierendes Appartment ein. Und der erlebte den Fick seines Lebens. In seinem Kopf drehte sich alles. Also fand er in Cherry ebenfalls seinen Himmel auf Erden. Was er nicht wußte, war, daß Cherry den Tag für ihre erste sexuelle Begegnung nicht zufällig gewählt hatte. Sie hatte ihre fruchtbaren Tage.

(Nsorwhe, es ist etwas Schreckliches passiert. Wir haben nicht aufgepaßt. Wirklich? Oh, Cherry. Das nennst du schrecklich? Das macht mich glücklich. Ich werde Vater. Und ich? Du? Du wirst meine Frau. Glaubst du, ich lasse mein Kind als Bastard auf die Welt kommen?)

Sie spielte diese Szene wieder und wieder in ihrem Kopf durch. Doch so oft sie Nsorwhe auch vögelte, Cherry wurde nicht schwanger. Allmählich verzweifelte sie. An ihr konnte es ja nicht liegen. Sie wollte es jetzt genau wissen. Sie traf scheinbar zufällig eine alte Flamme wieder, stellte ihre Berechnungen an und ging mit ihm ins Bett. Einen Monat später. Zack! Es hatte geklappt. Sie teilte Nsorwhe die freudige Nachricht mit. Und es kam genau, wie sie es sich immer und immer wieder vorgestellt hatte. Nsorwhe machte ihr sofort einen Heiratsantrag. Sie bekam das Baby. Nsorwhe adoptierte ganz offiziell ihr erstes Kind. Sie gingen zurück nach Ghana mit Sohn und Tochter. Die Klofrau von einst wurde Mrs. Bankmanager, und ein Fahrer, der sie fuhr, wo immer sie hinwollte, und ein Hausboy und ein Hausmädchen und ein Gärtner standen ihr zu Diensten.

«Wir müssen noch zwei Kinder machen. Ich möchte insgesamt vier», erklärte der total verknallte Nsorwhe.

Wieder passierte nichts. Als der Junge größer wurde, fiel Nsorhwe auf, daß er und sein Sohn nicht die geringste Ähnlichkeit miteinander aufwiesen. Er ließ sich heimlich untersuchen und erfuhr so, daß sein Sperma niemals ein Ei befruchten konnte. Er akzeptierte sein Schicksal ehrenhaft.

Tika fand dies gleich bei ihrer ersten Zusammenkunft im Schlafzimmer heraus. Nsorwhe erklärte ihr sofort: «Und wenn ich dich täglich vierundzwanzig Stunden vögele, keine Angst, du wirst nicht schwanger.»

Er gestand, daß seine beiden Nachkommen eigentlich Cherrys Kinder waren, die er adoptiert hatte.

Und jetzt stand Tika hier und mußte sich fragen: «Welch ein Wink des Schicksals. Warum haben sie sich von all meinen Liebhabern ausgerechnet Nsorwhe ausgesucht?»

«Was ist das bloß für eine verrückte Anschuldigung?» brüllte Nsorwhe in seinem Büro und schlug mit der Faust auf den Tisch. Sichtlich schockiert hatte er soeben Tikas Bericht vernommen.

«Das ist grotesk, nicht zu glauben.»

Er rang nach Luft, faßte sich an den Hals, von heftigem Husten geschüttelt. Tika setzte sich neben ihn und klopfte seinen Rücken.

«Du brauchst dich deswegen nicht umzubringen», tröstete sie ihn.

«Ich brauche mich nicht umzubringen? Das ist genau das, was ich am liebsten tun würde. Hast du eine Vorstellung, was jetzt mit mir passiert? Jesus Christus! Ich möchte sterben. Ich möchte meinen Kopf gegen diese Wand schlagen und zweiteilen. Wer in meiner Position könnte mit einer solchen Schande leben?»

«Es wird keine Schande über dich kommen, glaube mir.»

«Ich soll dir glauben? Was soll das, he?» Tikas vermeintliche Gelassenheit irritierte ihn. «Ich bin kurz davor, alles zu verlieren. Meinen Job, meine Position in der Kirche, mein Ansehen in der Gesellschaft. Mein Gott! Vielleicht sogar meine Familie. Und alles, was du zu sagen hast, ist, daß ich dir glauben soll?»

Tika hielt ihn fest.

«Beruhige dich. Ich sagte, beruhige dich. Hör mir mal gut zu.» Sie zog ihn an sich. Sein quadratischer Schädel ruhte auf ihren Brüsten.

«Widerliche Kreatur!» dachte Tika. «Kopf hoch.» Sie breitete sorgfältig ihren Plan aus. Aber Nsorwhe starrte sie nur ungläubig an.

«Was sagst du da?» wich er zurück. «Laß mich mit diesem bizarren Zeug in Ruhe. Und wie kommst du darauf, daß ich ein solches Risiko einzugehen bereit bin?»

«In Ordnung», zischte Tika. «Ich versuche nur, dir zu helfen. Aber wenn du das nicht willst, dann tut's mir leid, dann mußt du sehen, wie du alleine damit fertig wirst und mit deiner Schande lebst.»

Sie erhob sich, bereit zu gehen.

«Tika, bitte. Bitte. Geh nicht. Laß mich nicht allein.»

«Was soll ich denn tun? Bleiben und dein Gejammer anhören, während du auf deinen Untergang zusteuerst?»

«Nein. Nein, warte. Ich mache es. Es ist verrückt, aber ich habe wohl keine andere Wahl.»

Tika lächelte.

«Es ist also abgemacht?»

«Ja. Abgemacht.»

«Gut.»

Schon früh am nächsten Morgen klopfte Nsorwhe an Tikas Haustür. Tika hatte inzwischen Mutter und Großmutter im Wohnzimmer versammelt und ihnen mitgeteilt, daß Nsorwhe vorbeikommen würde, um die Dinge zu bereinigen. Tika beobachtete, wie die alte Dame schon beim ersten Klopfen an der Tür in Startposition ging, während Maame Amoakona geistesabwesend ihre Fingergelenke knacken ließ.

Die beiden Frauen erwarteten offensichtlich einen noch nervöseren, zerknirschteren, vielleicht sogar ziemlich verärgerten Nsorwhe, denn immerhin wußte der Mann nicht nur, daß er unschuldig war, sondern auch, daß seine Anklägerinnen dies ebenfalls wußten. So waren sie schließlich überzeugt, daß es sich bei dem Mann, der das Wohnzimmer betrat, keinesfalls um jenen Mr. Nsorwhe handeln konnte.

Nsorwhe kam mit dem breitesten und fröhlichsten Lächeln der Welt auf sie zu. Er schüttelte beiden warmherzig die Hände.

«Darf ich vorstellen, Mr. Nsorwhe», sagte Tika.

Die alte Dame dachte entgeistert: «Hat er vergessen, was ihm vorgeworfen wird?»

Tika erklärte frohgelaunt: «Ich habe Ihnen doch gesagt, Nsorwhe hat sofort angeboten, Sie unverzüglich zu treffen.»

Nsorwhe ergänzte: «Aber ja. Diese Dinge passieren nun einmal. Aber bitte, verzeihen Sie mir.»

Tika lächelte entschuldigend.

«Efia!» rief sie.

Efia betrat den Raum und blieb in respektvoller Entfernung stehen.

«Wirklich», sagte Nsorwhe, «wenn Sie mich fragen, ich kann überhaupt nicht verstehen, warum Efia so lange geschwiegen hat.»

Dann wandte er sich um, blickte Efia an und stöhnte: «Efia, warum bloß?»

Das Gesicht der alten Damen legte sich in Falten der Verwunderung. Die Dinge nahmen einen völlig unerwarteten Lauf. Das ging zu glatt, es war zu schön, um wahr zu sein.

Was zum Teufel ging hier vor?

«Ich bin gekommen, um Ihnen zu sagen, daß ich dieses Kind von ganzem Herzen annehmen werde, sobald ohne Zweifel festgestellt wurde, daß es von mir ist. Glauben Sie mir. Ich werde es taufen lassen in einer der aufwendigsten Feiern, die Accra je gesehen hat. Oh, ich spüre in meinen Knochen, daß es ein Junge wird. Ooh!»

Maame Amoakona machte so große Augen, daß es einen Moment lang so aussah, als hätte sie keine Pupillen mehr. Und was die alte Dame betraf, so stand ihr erst der Mund ganz weit offen, als wolle sie etwas sagen. Aber was auch immer es war, es blieb ihr im Halse stecken. Dann wurde sie von einem bösen Husten geschüttelt.

Nsorwhe ignorierte das und ging zum nächsten Schritt über.

«Ich möchte dennoch etwas richtigstellen. Ich habe niemals, nicht ein einziges Mal, Efia zu irgend etwas gezwungen. Niemals. Efia. Warum hast du gesagt, ich hätte dich gezwungen? Ist es nicht immer mit deinem vollsten Einverständnis geschehen? Und hast nicht du sogar manchmal den ersten Schritt gemacht? Und sage mir, warum hast du all die Kekse und Schokolade von mir angenommen, wenn du nicht einverstanden warst», und er wandte sich wieder an Efias Leute, die wie vom Donner gerührt waren, «immer war sie eine mehr als willige Partnerin. Ich war wirklich schockiert, ja beleidigt, als ich hörte, daß sie behauptet hat, ich hätte sie gezwungen. Efia, genau sechzehnmal ist es geschehen. Möchtest du wirklich, daß deine Leute glauben, ich hätte dich gezwungen? Sechzehn Mal?»

«Sechzehn Mal?» flüsterte Efia.

«Sechzehn Mal?» wiederholten Mutter und Großmutter wie aus einem Mund.

«Erde, oh Erde, tu dich auf und laß mich in dir versinken», betete Efia im Stillen.

«Die Götter müssen betrunken sein», dachte die alte Dame. «Oder sie machen gerade Pause.»

Auf diesen Moment hatte Tika gewartet. Sie erhob sich.

«Efia! All das ist also hinter meinem Rücken passiert? Nachdem ich dir so sehr vertraut habe? Du willst vom selben Teller essen, von dem ich auch esse? Mit wievielen meiner Liebhaber hast du noch geschlafen für Kekse und Schokolade, he? Sage es mir!»

«Tika, bitte verzeih mir. Bitte. Aber versteh doch. Du weißt, wie meine Frau mich behandelt. Und du hast mich auch immer wieder abgewiesen. Ich war so ausgehungert. Da kam Efia gerade aus dem Badezimmer mit nur einem Handtuch vor ihrer Brust. Der Gedanke an ihre Nacktheit unter dem bloßen Tuch hat mich verrückt gemacht. Und die Dinge sind mir entglitten. Mein Fehler war, daß ich zugelassen habe, daß es weitergeht. Bitte verzeihe mir», sprang Nsorwhe ein.

«Im Moment geht es aber gar nicht darum, irgend jemandem irgend etwas zu verzeihen», schrie Tika. «Darum geht es!» rief sie und zeigte auf Efias Bauch.

«Ich weiß, Tika, ich weiß. Und du kennst mich doch, nicht wahr? Du weißt doch, wie sehr ich Kinder liebe und daß ich meiner Frau niemals verziehen habe, daß sie mir nicht mehr als zwei geschenkt hat. Also, sobald festgestellt ist, daß das Kind wirklich von mir ist, werde ich meine Familie informieren, und wir werden das Kind als unseres annehmen.»

Efia mußte sich am Stuhl festhalten.

«Mir gefällt dieses Erst-feststellen-erst-feststellen-dann-werden-wir-das-schon-regeln-Geschwätz einfach nicht, Mr. Nsorwhe», mischte sich jetzt die alte Dame ein.

«Das betrifft ja nur mich, damit ich sicher sein kann, daß das Kind von mir ist, das ist alles. Immerhin, fragen Sie Efia, ob ich der einzige Mann war, mit dem sie geschlafen hat», kicherte Nsorwhe.

«Aber für was soll das gut sein?» fragte die alte Dame verzweifelt. «Efia hat ausdrücklich Sie genannt. Sie ist schwanger, und nur sie kennt den wirklichen Vater. Nämlich Sie!»

«Ja, klar. Aber ganz so einfach ist es nicht, wissen Sie.»

«Ach, nein?» Efias Mutter konnte ihre Nervosität kaum verbergen, und Tika mußte sich beherrschen, nicht lauthals loszuprusten.

«Natürlich nicht. Also wirklich. Haben Sie geglaubt, ich würde einfach so eine Vaterschaft anerkennen? Ohne es nachzuprüfen? Heutzutage? Das ist nur eine Frage der üblichen Bluttests...»

«Bluttest, was für Bluttests?» fragte die alte Dame finster.

«Keine Sorge. Das dauert nicht lange. Ich kenne einen amerikanischen Arzt, ein Freund von mir. Der macht das. Die Kosten übernehme selbstverständlich ich. Ich brauche nur die Bestätigung, daß es mein Kind ist. Das ist alles. Ich bin kein Mann, der sich aus der Verantwortung stiehlt. Aber ich übernehme auch keine Verantwortung für etwas, womit ich nichts zu tun habe.»

(Wo zum Teufel sind unsere Götter und Vorfahren? Warum schreiten sie nicht ein, um diese verrückte Wendung der Dinge rückgängig zu machen?)

«Also, diese Bluttests, was ist das?» fragte die alte Dame.

«Nun, das kann schon weh tun, aber dieser Freund von mir...»

«Ist es ein weißer Mann?»

«Ja. Es ist sein Job. Er hat das lange in Amerika gemacht, bevor er hierher kam. Es geht ganz schnell. Zuerst entnimmt er meinen Venen etwas Blut, dann auch bei Efia. Dann... hm». Er legte eine lange effektvolle Pause ein.

Sechs leidende Augen starrten ihn voller Spannung an.

«Es tut mir leid, aber dieser Teil ist der schmerzhafteste... aber auch der wichtigste. Man muß dem Baby auch etwas Blut entnehmen.»

«Wie denn das?» rief Maame Amoakona.

«Das ist ganz einfach. Sie nehmen diese extralangen Nadeln, mit denen sie in Efias Gebärmutter einstechen...»

«Das mache ich nicht!» schrie Efia.

Sie hat recht, dachte die alte Dame, warum soll man so etwas Schmerzhaftes über sich ergehen lassen, wenn man das Ergebnis sowieso schon kennt.

Tika wandte sich an Mutter und Großmutter.

«Mr. Nsorhwe ist ein guter Mann. Glauben Sie mir. Alles, was er gesagt hat, wird er auch tun. Also bitte erlauben Sie ihm, sich zu vergewissern, daß das Kind von ihm ist. Wenn er dessen sicher ist, wird er es im Wohlstand aufwachsen lassen und ihm eine vielversprechende Zukunft angedeihen lassen.»

«Das Baby ist aber nicht von ihm, du dumme Gans!» hätte die alte Dame am liebsten geschrien, doch stattdessen fragte sie Mr. Nsorhwe: «Mit dieser Methode kann man also feststellen, ob das Baby von Ihnen ist oder nicht?»

«Ja, sicher», antwortete Nsorhwe. «Und es tut mir leid, daß es so weit kommen mußte.»

Mutter und Großmutter berieten und verkündeten, daß sie angesichts der neuen Entwicklung etwas Bedenkzeit bräuchten.

Nsorwhe verabschiedete sich und entschwand in sein Büro. Und Tika, die eigentlich nichts Besonderes vorhatte, aber die drei allein lassen wollte, verließ ebenfalls das Haus.

«Idiotin, Idiotin, Idiotin, Idiotin!» attackierte die alte Dame ihre Enkelin, sobald sie allein waren. «Warum hast du von allen Liebhabern deiner Hurenmadam ausgerechnet diesen kleinen, häßlichen, quadratschädeligen Typen ausgesucht? He? Du vom Pech verfolgte Schwachsinnige?»

«Mutter!», mischte sich Maame Amaokona ein. «Alles, was jetzt noch bleibt, ist ein einigermaßen würdevoller Abschied.»

«Ja», schallte es ihr entgegen, «und für immer verschwinden, zurück nach Kataso mit unserem elenden Fehlschlag hier. Und was dann? Wir werden zum Gespött aller. Und laß du dir gesagt sein», sprach sie zu Maame Amoakona, «sobald irgendjemand Wind von der Sache bekommt, kannst du sicher sein, daß ich die erste bin, die beim Chief vorspricht und ihm erzählt, von wem die Idee ursprünglich stammt. Und du», sie zeigte auf Efia, «du denkst besser schon mal darüber nach, welches Leben dich in Kataso erwartet. Na, und wie war das da, selbst als du noch kein Kind hattest?»

Efias Mutter beschloß, daß es besser war, dem Streit ein Ende zu setzen.

«Mein Mann wird schon mit dir fertig werden», beruhigte sie sich.

«Morgen früh fahren wir, geh und pack deine Sachen», befahl die alte Dame Efia. Dann zog es sie vom Wohnzimmer auf die Veranda. Sie brauchte jetzt frische Luft.

Efia schlich in die Küche und sank auf einen Hocker, in ihrem Kopf drehte sich alles.

Kataso? Wie sollte sie diese Schande ertragen? Sie würde verhöhnt, verspottet und verlacht werden. In die Stadt zu gehen, nicht nur mit leeren Händen zurückzukommen, sondern sogar mit noch einem weiteren hungrigen Maul, war eine unverzeihliche Schmach.

Sie dachte an das Yams-Festival, sie krümmte sich vor Unbehagen bei dieser Vorstellung. «Wie stehe ich da vor den erfolgreichen Rückkehrern? Wie kann ich mich jemals wieder bei solchen Festen sehen lassen?»

Plötzlich kam ihr ein Gedanke.

Sie erhob sich, suchte in der Küche eine große Plastiktüte, ging in ihr Zimmer, warf ein paar Sachen in die Tüte und betrat Tikas Schlafzimmer. Dort holte sie die Plastiktüte hervor, nahm aus der Kiste unter dem Bett soviel Geld, wie sie hineinstopfen konnte. Sie kehrte zurück ins Wohnzimmer und schlich durch die Küchentür hinaus.

Die alte Dame kühlte noch immer ihren Kopf auf der Veranda. Maame Amaokona, erschöpft von der ganzen Aufregung, war im Sessel eingeschlafen.

XI

Auf dem Bahnhof in Kumasi herrschte wie immer lebhaftes Treiben, als zwei junge Männer von Gott-wer-weiß-wo darüber stritten, wer von ihnen die gekochten Erdnüsse des jungen Mädchens verschüttet hatte. Das Mädchen stand da, heulte und ließ alle Welt wissen, daß ihre Mutter sie heute deswegen umbringen würde. Die vielen Kinder rundherum waren viel zu sehr mit ihren eigenen leeren Mägen beschäftigt, als sich für das schwere Schicksal der kleinen Verkäuferin interessieren zu können. Sie sahen vielmehr ihr Manna vom Himmel fallen und klaubten hungrig die Erdnüsse vom Boden auf.

Akua und ihre Freundinnen beobachteten die Szene aus einiger Entfernung und amüsierten sich köstlich. «Das sollte diesem blöden Ding eine Lehre sein. Die hat uns nicht umsonst beschimpft. Wen von uns hat sie noch nicht angemault, wenn wir uns über ihre winzigen Portionen Erdnüsse beschwert haben?» brachte Akua vor.

«He! Sister! Sag das nochmal», pflichtete eine Freundin in Rot bei. «Oh, nur weil wir vom Dorf sind, heißt das noch lange nicht, daß man uns herunterputzen kann, oder?»

«Hm», kicherte Akua, «einmal, als die gekochten Eier dieses Mädchens heruntergefallen sind, erinnert ihr euch, wieviele von uns ihr geholfen haben, damit die Eier nicht stiebitzt wurden.» Heftiges Kopfnicken. Verzweifeltes Heulen drang weiterhin aus der Kehle des Erdnußmädchens.

«Iß doch deine Heulereien und Beleidigungen!» schimpfte das Mädchen in Rot. «Was mich angeht, ich habe meine eigenen Probleme. Ach je. Der Besitzer meiner Unterkunft ist aus dem Ausland zurückgekehrt und will die Bauarbeiten fortsetzen, also mußte ich gestern Atinga mit zwei schnellen Nümmerchen hinter dem blauen Kiosk bestechen, damit er mir einen neuen Platz besorgt.»

«Zwei Nummern?» rief das Mädchen mit dem geflochteten Haar. «Ey. Dann hast du ja was hinter dir. Ach! Ich mußte zuletzt nach einer Nummer mit ihm zwei Tage auf heißem Wasser sitzen.»

«Also», mischte sich jetzt Akua ein, «bei mir ist es so, daß der Besitzer glücklicherweise die Bauarbeiten eingestellt hat.

Ich habe gehört, daß er ins Ausland gereist ist, um etwas Geld zu machen, damit er weiterbauen kann. Also bekommt zumindest das nächste Jahr weder Atinga noch sonst einer von denen meine Höschen zu sehen.»

Jemand rief nach ihr. Es war die Tigernußverkäuferin. «Sister», antwortete Akua verärgert. «Ich habe heute erst tausend Cedis verdient. Wie soll ich mir da den Luxus von Tigernüssen leisten?»

Aber die Tigernußverkäuferin hob verärgert die Arme.

«Wer hat gesagt, daß ich dich wegen der Tigernüsse rufe? Ein Mädchen sucht dich.»

«Ein Mädchen?»

Jetzt tauchte Efia auf.

«Ey! Efia, Atuuuuuu», sie umarmte die Besucherin. »Mensch! Seit wann bist du hier?»

«Ich bin gerade angekommen.»

«Was machst du...»

«Willst du sie nicht erst ordentlich begrüßen?» ermahnte das Mädchen in Rot.

«Sie begrüßen, hier?»

«Kauf ihr wenigstens ein Glas Eiswasser. Das ist besser als nichts, oder?»

«Ach, keine Sorge», kam Efia zu Hilfe, «ich habe gerade etwas getrunken. Ich habe keinen Durst.»

«Wenn das so ist, dann setz dich», schlug Akua vor und zog sie zu einem Stuhl. «Erzähl mir, was du hier machst. Bist du mit deiner Madam gekommen?»

«Nein.»

«Hat sie dich geschickt?»

«Nein.»

«Bist du allein gekommen?»

«Ja.»

«Warum? Ist irgend etwas passiert?»

Efias Schweigen ließ Schlimmes befürchten.

«Das ist eine lange Geschichte», brachte sie schließlich heraus.

«Dann muß ich heute ein bißchen früher Schluß machen und mit dir nach Hause gehen. Laß mich nur schnell noch zweihundert Cedis verdienen, dann machen wir uns auf den Weg.»

Nachdem Efia ihre mißliche Lage geschildert hatte, bekam es Akua mit der Angst zu tun.

«Ich finde, du solltest zurück nach Kataso», drängte sie. «Denn egal, was es ist und wie schlimm es scheint, dort bist du immer noch sicherer als hier. Sieh nur, wie wir hier leben.»

Efia mußte zugeben, daß im Vergleich dazu das Leben bei Tika reiner Luxus gewesen war. Sie hatte ein eigenes Zimmer gehabt, ein bequemes Bett mit einer guten Schaumstoffmatratze, freien Zugang zu eisgekühltem Wasser aus dem Kühlschrank, einen Gaskocher und regelmäßige Mahlzeiten. Und jetzt das hier!

«Ich verstehe nichts von Geburten», bekannte Akua. «Und ich habe weder das Geld noch die Zeit, mich um dich zu kümmern.»

«Geld ist kein Problem», versicherte sie Akua. «Ich habe genug, um durchzukommen, bis zur Geburt und bis ich wieder auf den Beinen bin.»

Akua seufzte erleichtert.

«Also, ein Problem wäre gelöst. Aber trotzdem... und überhaupt, was hast du vor, wenn das Baby erstmal da ist?»

«Ich werde es meiner Mutter in Kataso bringen. Und dann gehe ich zurück nach Accra.»

«Das heißt, du willst das Kind wirklich *hier* bekommen?»

«So ist es.»

«Efia, bist du sicher, daß ich mir nicht jede Menge Ärger mit dir einhandeln werde?»

Schweigen.

«Gut. Wir sind zu dritt hier. Ich sage es den anderen. Sie arbeiten in einer Imbißbar. Wenn sie einverstanden sind, kannst du bleiben.»

Die anderen Mädchen willigten ein, unter der Voraussetzung, daß Efia ihren Alltag nicht stören würde. Efia sicherte das zu. Und sie hielt Wort. Sie blieb immer im Haus. Sie tat nichts weiter als schlafen, aufstehen, sich waschen, essen und schlafen, schlafen, schlafen.

«Willst du nicht allmählich mal in die Klinik zur Untersuchung?» fragte Akua einmal.

«Das ist nicht nötig», erwiderte Efia.

«Doch, das ist sehr wohl nötig», beharrte Akua.

Aber Efia rührte sich weiterhin nicht von der Stelle. Schließlich gab sie zu, daß sie Angst hatte, entdeckt zu werden. Ihre Sorge war nicht so sehr, von jemandem aus Kataso erkannt zu werden. Vielmehr trieb sie die Angst um, daß sie wegen des Diebstahls gesucht wurde.

«Deine Freundin», sagte eines Morgens ein Imbißbarmädchen zu Akua, «du mußt darauf bestehen, daß sie eine Hebamme aufsucht. Ihr Bauch wächst nicht mehr. Hast du das nicht bemerkt?»

Und obwohl Akua das Problem mit einer Handbewegung wegzuwischen versuchte, mußte sie sich doch eingestehen, daß ihr das auch schon aufgefallen war. Doch Efia wollte das Haus immer noch nicht verlassen. Alle beteten, daß der Tag der Geburt bald kommen und ohne Komplikationen vorübergehen mochte, so daß Efia sie schnell verlassen und all ihre Probleme mitnehmen würde.

Einige Wochen darauf wurden sie durch einen Unheil verheißenden Schrei mitten in der Nacht aufgeschreckt. Doch als die Mädchen zu Efia eilten, saß sie nur lächelnd da und behauptete, schlecht geträumt zu haben.

Am nächsten Morgen jedoch war sie so blaß, daß die drei Ignorantinnen hätten aufmerksam werden müssen.

Die beiden Imbißbarmädchen waren am Abend als erste nach Hause gekommen. Sie liefen Akua schon auf halbem Wege entgegen und berichteten, daß Efia verschwunden war. Eine Ecke des Zimmers war völlig blutverschmiert. Akua schrie entsetzt auf. «Sie muß das Baby zur Welt gebracht haben», fügte sie tonlos hinzu.

Die jüngere der beiden Imbißbarmädchen konnte sich nicht vorstellen, daß Efia das allein bewältigt hatte.

«Vielleicht hat sie um Hilfe gerufen, als es losging, und jemand hat sie zur Hebamme gebracht.»

Also machten sie sich auf den Weg zur Hebamme. Aber Efia war dort nicht gesehen worden.

«Kommt, wir sagen es Atinga», schlug eines der Mädchen vor. «Vielleicht ist sie in den Busch gegangen.»

Sie baten Atinga, einige Jungen zu organisieren, um den Busch zu durchsuchen. Doch Atinga wollte nichts davon wissen.

«Was wollt ihr eigentlich?» schnauzte er die Mädchen an. «Habe ich vielleicht ihren Bauch dick gemacht?»

«Wir müssen also einfach abwarten», murmelte das größere Mädchen verzweifelt.

Akua spukten ganz andere Gedanken durch den Kopf.

«Was ist, wenn wir sie niemals wiedersehen, bis man mich beim Yamsfest nach ihr fragt?»

Nur wenige Tage später bekamen sie die Antwort geliefert. Die Nachricht von dem ausgesetzten Babyleichnam in Braha verbreitete sich wie ein Lauffeuer am Bahnhof.

«Braha liegt in der Nähe von Osidian», sinnierte Akua und provozierte die einstimmige Nachfrage: «Ja, und?»

«Das Baby könnte ungefähr zu der Zeit geboren sein, als Efia hier verschwunden ist und nichts als jede Menge Blutspuren hinterlassen hat.»

«Und?»

«Sie wollte das Baby nach Kataso zu ihrer Mutter zu bringen.»

«Das sagtest du schon. Und?»

«Nach Kataso gibt es keine direkte Verbindung. Alle Fahrzeuge halten in Osiadan. Ich weiß es selbst noch nicht so ganz genau. Aber ich habe irgendwie so eine Ahnung.»

«Was sollen wir machen?» wollten die Mädchen wissen.

«Ich gehe zur Polizei und sage, was ich weiß. Auf diese Weise schütze ich mich selbst und euch auch.»

Mami Korkor, ihre Tochter, ihr Sohn und dessen Freund hatten nun Akua und die ganze Geschichte kennengelernt. Mami Korkor fuhr ihre Tochter an: «Warum bin ich bloß bei deiner Geburt nicht auf diese Idee gekommen. Da hätte ich mir den ganzen Kummer erspart, was?» «Wie reden Sie mit Ihrer Tochter, gute Frau», mischte sich der Polizist ein. Doch Bibio scherte das alles wenig. Sie musterte ihre Mutter so frech und unverschämt, daß selbst der Polizeibeamte zusammenzuckte.

«Und ihr beide», drohte Mami Korkor den beiden Jungen, «ich hoffe, daß ihr jetzt ein für allemal begriffen habt, warum ich euch immer predige, ihr sollt euch von der Müllhalde fernhalten. Dieses Mal waren es Gottseidank nur die Kleider einer Verdächtigen. Wer weiß, was es das nächste Mal ist. Und jetzt los! Wir gehen.»

Akua blickte ihnen nach. Ihr fiel die Geschichte von dem Mann ein, der meinte, er könne nicht mehr in seiner Armut weiterleben, und beschlossen hatte zu sterben. Also ging er unter einen Baum, befestigte ein Seil daran, zog die Kleider aus, kletterte auf einen Ast, legte die Schlinge um den Hals, bereit zu sterben. In diesem Augenblick kam ein noch ärmerer, noch mehr vom Schicksal gebeutelter Mann des Weges, sah die Kleider unter dem Baum, kniete nieder und betete. Er dankte Gott, daß er ihm mit so guten Kleidern zu Hilfe gekommen war, und nahm diese an sich. Der Mann im Baum begriff, daß seine Situation nicht die allerschlimmste war, entfernte die Schlinge von seinem Hals, bedeckte seine Nacktheit mit Blättern und eilte mit neuer Hoffnung nach Hause.

Die Polizei nahm Akuas detaillierte Beschreibung auf und gab sie an die Presse weiter. Am Tag darauf veröffentlichten die Zeitungen die Zeichnung – und dazu die blutrünstigen Schlagzeilen.

XII

Zuerst klopfte es zaghaft und leise, dann wurde es immer lauter, schließlich dringlich und fordernd. Teacher erwachte aus dem Schlaf, sie vernahm erneut ein Klopfen. Jetzt war sie hellwach, schaute auf die Uhr und knurrte mißmutig. Wer wagte es, frühmorgens um viertel vor vier Lärm zu machen?

Auf leisen Sohlen schlich sie zur Tür.

Waren es Einbrecher?

«Wer ist da?» wisperte sie durchs Schlüsselloch.

«Bitte, Teacher. Ich bin es. Efia.»

«Du?» Sie öffnete die Tür.

Efia stand vor ihr wie ein Geist in bunten Kleidern

«Was fällt dir ein, was machst du hier?» sagte Teacher und zog das Mädchen unsanft in die Wohnung. «Weißt du eigentlich, daß sie dich überall suchen?» Sie schloß die Tür. Efias beißender Körpergeruch raubte ihr fast den Atem.

«Ich habe mich versteckt», erklärte Efia kleinlaut. Teacher forderte sie auf, ihre Kleider abzulegen und bereitete das Bad. Dann wurde Efia noch mit einer Tasse heißen Kakao verwöhnt, die ihr wohl tat und sie entspannte. Sie erzählte Teacher ihre Geschichte, die ganze Wahrheit, von dem Tag an, als Teacher sie als Tikas Hausmädchen ausgesucht hatte. Als die Rede auf die Geburt ihrer Tochter kam, brach sie weinend zusammen, und Tränen erstickten ihre Stimme.

«Was ist denn passiert?» half Teacher nach.

«Die Schmerzen wurden heftig, also legte ich mich in eines der Zimmer. Es war kaum zu ertragen, aber ich habe es geschafft, nicht zu schreien. Dann kamen die Wehen. Ich merkte, das Baby wollte kommen. Niemand erklärt einem das. Man erfährt es vom lieben Gott.» Sie hielt einen Moment inne. Teacher unterbrach sie nicht.

«Es war schrecklich», erzählte Efia langsam. «Überall war Blut. Dann kam es heraus. Und ich wußte sofort, daß irgend etwas mit dem Kind nicht in Ordnung war.»

«Wieso?»

«Es war nicht richtig. Es war wie das schlechte Kind von Maame Yefunbons. Das böse Kind. Das sie umgebracht hat. Erinnerst du dich?»

Teacher kannte die tragische Geschichte jener Frau aus Kataso nur zu gut. Die hatte bereits zehn Kinder, man hatte ihr dringend von noch mehr Kindern abgeraten. Sie hatte die Warnungen ignoriert und ein mongoloides Baby zur Welt gebracht. Es war das erste Kind in Kataso mit einem Down-Syndrom. Das Dorf verwandelte sich in ein Inferno. Anklagende Finger suchten die Schuldigen, und drei alte Frauen wurden zu Hexen erklärt. Sie wurden aus Kataso verjagt. Trankopfer wurden dargeboten, Rituale zelebriert. Den Göttern und Ahnen wurden Opfer angeboten, um zu verhindern, daß so etwas noch einmal vorkam. Und als Maame Yefunbon aufgrund des zu hohen Blutverlustes auch noch starb, mußte ihr Ehemann einem reinweißen Huhn die Kehle durchschneiden und das Blut auf die Füße des Leichnams seiner Frau tropfen lassen, bevor ihre Seele in die Welt der Ahnen einging. Immerhin, danach gab es in Kataso nie wieder ein mongoloides Kind.

«Dein Baby war also genauso wie das böse Baby von Maame Yefunbon?»

Efia nickte.

«Deshalb hast du es getötet?»

«Nein!» schrie Efia entsetzt auf. «Ich habe es nicht getötet. Es war schon tot. Es hat nur einmal geweint, ganz schwach. Dann hat es nicht mehr geweint, nicht mehr geschrien, es hat sich überhaupt nicht mehr bewegt und auch nicht mehr geatmet.»

«Warum hast du nicht auf deine Freundinnen gewartet und es anständig begraben?»

«Weil ich dachte, daß Madam Tika wegen all der schlechten Dinge, die ich und meine Familie getan haben, uns einen Fluch geschickt hat. Oder daß die Götter und Ahnen zeigen wollten, daß sie das, was wir getan haben, nicht gutheißen. Also fand ich es wichtig, mit dem Leichnam zu meiner Familie zurückzugehen, um den Fluch zu bereinigen.»

Teacher erinnerte sich, daß Maame Yefunbons Baby damals in den Busch gebracht worden war. Dort wurden bestimmte Rituale vorgenommen, um seine Seele in die Unterwelt zu verabschieden. Man war davon überzeugt, sie könne sonst weiter auf Erden herumgeistern und in ein anderes Ungeborenes eindringen. Teacher verstand jetzt, warum Efia unbedingt mit dem Leichnam nach Kataso zurückkehren wollte.

«Also zog ich los, stopfte meine verschmutzten Kleider in eine Plastiktüte und warf sie auf eine Müllhalde. Dann ging ich zum Bahnhof und stieg in einen Minibus nach Osiadan. Aber der Bus hatte unterwegs eine Panne, kurz vor Nkawkaw. Es dauerte lange, bis der Beifahrer mit Mechanikern wiederkam. Die Sonne schien erbarmungslos. Ich hatte den Leichnam in ein kleines Tuch gewickelt, das Bündel in eine Plastiktüte gesteckt und noch eine zweite Plastiktüte darübergezogen. Es fing bereits an, stark zu stinken, auch die zweite Tüte nutzte nichts. Schon hatte ich mich verdächtig gemacht, weil ich die Tüte so an mich preßte. Wir stiegen wieder in den Bus, der Geruch war noch schlimmer geworden, und die Passagiere neben mir beschwerten sich. Eine Frau maulte: «Wir kommen um hier drin. Fahrer, halten Sie an und lassen Sie den Beifahrer nachschauen, wo dieser Gestank herkommt.»

«Und der Fahrer hielt an?» wollte Teacher wissen.

Efia nickte und schürzte die Lippen. «Wir mußten alle in Braha aussteigen. Der Beifahrer begann zu suchen. Plötzlich mußte ich ganz dringend. Ich konnte es nicht einhalten. Alle sahen, wie mir das Wasser die Beine herunterlief. Das war peinlich, aber es rettete mich doch. Ich sagte, daß ich schnell mal müßte und lief davon. Ich wickelte das Baby aus. Ich wollte es anständig begraben. Der Leichnam war aufgebläht, aufgedunsen, er fing schon an zu verwesen. Mir wurde klar, ich konnte das Baby nicht noch weiter mit mir herumtragen. Ich sah nur die Möglichkeit, es an der Stelle anständig zu begraben und dann mit meiner Familie zurückzukommen, um die notwendigen Rituale vorzunehmen. Doch dann hörte ich Stimmen, merkwürdige Geräusche, die mir Angst machten. Also ließ ich es einfach liegen und rannte davon. Ich nahm ein anderes Fahrzeug nach Accra und versteckte mich im Busch in der Nähe von Achimota.»

«Und da warst du die ganze Zeit?»

Efia nickte heftig.

Teacher mußte das alles erst einmal verarbeiten. «Du mußt dich stellen», ordnete Teacher an. Efia stimmte sofort zu.

«Gleich morgen früh gehe ich zu Tika, erzähle ihr alles und bitte sie, dir zu verzeihen.»

Efia lächelte unsicher. «Ob sie das kann?»

Staunend und schweigend hörte Tika zu, Übelkeit bemächtigte sich ihrer.

«Das alles haben sie getan, um an mein Vermögen heranzukommen?» tobte sie. Ihre Augen funkelten vor Zorn, dem Zorn einer Betrogenen. «Und du glaubst, du könntest einfach kommen und mich bitten, ihr zu verzeihen, und, schwupps, alles ist vergessen, oder wie?»

Teacher blieb ruhig und gelassen. «Ich bin genauso angewidert wie du, Tika», entgegnete sie. «Aber...»

«Was aber?»

Jetzt suchte auch Teacher nach den richtigen Worten. «Vielleicht habe ich mir zu viel erhofft», fing sie schließlich an. «Vielleicht hätte ich nicht herkommen sollen und versuchen, die Dinge in Ordnung zu bringen. Aber wie kann ich mich da heraushalten? Ich habe sie schließlich für dich ausgesucht, nicht wahr? Obwohl wir nicht vergessen wollen, daß du es warst, Tika, die mich darum gebeten hat, jemanden aus der Familie deines Vaters zu finden. Ich habe dir Efia also nicht aufgedrängt. Doch, wie ich schon sagte, vielleicht habe ich mir zu viel erhofft.» Plötzlich erhob sie sich, um zu gehen.

Tika erschrak. «Bitte», flehte sie inständig.

Teacher blieb stehen.

«Bitte. Setz dich!»

Nach kurzem bedeutungsvollem Schweigen erklärte Teacher ruhig: «Ich schlage vor, daß wir der Polizei sagen, sie möchte diese Angelegenheit der Familie überlassen.»

Auch Tika war natürlich nicht an einer großen Affäre interessiert.

«Aber warum sollte ich eigentlich klein beigeben, bitte?» fragte Tika.

«Nsorhwe. Deshalb!» erklärte Teacher ohne Umschweife und blickte Tika dabei direkt ins Gesicht. «Du möchtest doch nicht Schuld daran sein, daß seine Familie, ja seine Existenz zerstört wird, oder? An seinem Ruin?»

Tika runzelte die Stirn und meinte: «Vielleicht ist das alles ein Netz aus Verrat, an dem ich selbst mitgewirkt habe, aus dessen Fängen ich mich nicht einfach befreien kann.» Kleinlaut fügte sie hinzu: «Das Geld, das sie gestohlen hat, das habe ich nie angezeigt, weißt du.»

Teacher seufzte erleichtert. «Danke», sagte sie.

Tika erklärte angewidert: «Sie ist genauso ein Opfer der Machenschaften ihrer Familie wie ich.»

«Ja», stimmte Teacher zu, «das ist sie. Deine Besessenheit, wiedergutmachen zu wollen, was deine Mutter deinem Vater angetan hat, diente ihnen als Werkzeug für ihre Schurkerei. Und Efias Unerfahrenheit und ihr Aberglaube, dem sie ständig neue Nahrung gaben mit Sprüchen wie: Die Götter haben dieses gewollt, die Ahnen jenes.»

Tika sann kurz nach und fragte: «Hat sie wirklich geglaubt, ich hätte einen *Juju*-Mann geschickt?»

«Aber ja», antwortete Teacher, «oder daß du selbst den Göttern ein Trankopfer dargebracht hast, um einen Fluch zu erwirken.»

Tika lachte bitter und fragte: «Was glaubst du, was passiert wäre, wenn sie das mongoloide Baby in Kataso zur Welt gebracht hätte?»

«Darüber möchte ich gar nicht nachdenken», antwortete Teacher. «Aber so sicher, wie die Nacht zum Tag wird und der Tag zur Nacht, glaube mir, so sicher ist, daß in Kataso eine fanatische Hexenjagd losgegangen wäre. Nur Gott weiß, wieviele arme alte, einsame Witwen es diesmal getroffen hätte. Also können wir dem Schöpfer nicht nur dafür danken, daß Efia ihr Kind nicht in Kataso zur Welt gebracht hat, sondern auch dafür, daß die sterblichen Überreste in einem Zustand waren, in dem man nicht mehr feststellen konnte, daß es mongoloid war.»

«Gott helfe den Frauen von Ghana. Besonders den armen, einsamen Frauen», murmelte Tika traurig.

«Gott helfe uns allen!» fügte Teacher hinzu.

Nach kurzem Schweigen stieß Tika plötzlich hervor: «Ich frage mich trotzdem...», dann brach sie plötzlich ab und atmete schwer.

«Was ist?» fragte Teacher neugierig.

«Was meinst du, warum bevorzugt Ihre Hoheit, wer auch immer sie ist im Königreich der Hexen, alte, verrunzelte, arme, einsame Frauen?»

«Na, vielleicht ist es auch ein Mann, der dort herrscht, weißt du», witzelte Teacher.

«In diesem Fall ist die Frage von noch größerer Bedeutung», fuhr Teacher fort. «Warum sollte er meistens arme, einsame Frauen als seine Botschafterinnen auf Erden ernennen? Falls dies überhaupt in unserer Gesellschaft irgendwie von Bedeutung ist.»

Doch Teacher war in Gedanken schon ganz woanders. Sie hatte sich vorgenommen, das Thema auf den Tisch zu bringen, koste es, was es wolle. «Tika, was deine Mutter angeht», begann sie, hielt kurz inne, warf einen prüfenden Blick auf Tika und fuhr fort. «Sie ist keine Frau von Bedeutung mehr, weißt du. Sie wird auch alt. Und du als einziges Kind hast sie ebenfalls verlassen. Du weißt, wohin das führen kann, oder?»

Tika brauchte nicht mehr weiter zuzuhören, sie wußte, was Teacher damit sagen wollte. Doch bevor sie antworten konnte, machte Teacher schnell einen Vorschlag. «Warum besuchst du sie nicht?»

Tika überlegte kurz und erklärte nachdenklich: «Wer sagt, daß sie jetzt die Dinge in Ordnung bringen möchte? Damals war sie dazu bereit, da war ich es nicht. Wird sie es jetzt sein, nur weil ich es bin?»

«Und du, bist du bereit?» fragte Teacher.

Tika zuckte unentschlossen mit den Schultern

«Wenn du bereit bist, dann versuche es!» drängte Teacher.

Aber Tika verzog keine Miene, sie verriet nichts von dem, was in ihr vorging. Plötzlich fragte sie: «Was glaubst du, was mein Vater gewünscht hätte?»

«Das kann ich nicht wissen», erwiderte Teacher vorsichtig.

Tika lachte. «Glaubst du, er hat mich die ganze Zeit beobachtet?» fragte sie Teacher.

«Daran habe ich keinen Zweifel», erwiderte Teacher.

«Dann denkst du bestimmt, daß er nicht alles, was er gesehen hat, gutheißen konnte, oder?»

«Was meinst du damit?»

«Na, zum Beispiel die Geschäftsverhandlungen in meinem Schlafzimmer!»

Tika mußte lachen und weinen zugleich. Teacher schloß sich an. Zusammen lachten sie und weinten sie sich ihren Schmerz, ihre Enttäuschungen, ihren Ärger, ihre Ängste aus dem Leib.

Es war das Lachen der Hoffenden.

Begriffe:

Accra: Hauptstadt und Metropole Ghanas, mehrheitlich von dem Volk der *Ga* bewohnt.
Akpene: Fufu-Variante der Voltaregion auf Maisbasis.
Akpeteshie: beliebter und weitverbreiteter Zuckerrohrschnaps
Ashanti: Volksstamm in Zentralghana. Die Ashanti gelten als wohlhabend, fleißig und tapfer, was keineswegs heißen soll, daß alle Ashanti wohlhabend sind. Aber tapfer und fleißig sind sie natürlich alle. Metropole des Ashanti-Reiches ist Kumasi.
Chief: einflußreicher, traditioneller Herrscher.
Compound: aus mehreren Hütten und einem Innenhof bestehendes Anwesen.
Dagomba: Volksstamm im Norden Ghanas. Der Norden des Landes gilt bei den übrigen Einwohnern als wild und unzivilisiert.
Ewe: Volksstamm im Osten Ghanas.
Fufu: Klos aus Cassava, Yam oder Kochbanane, für viele GhanaerInnen Grundlage fast aller Mahlzeiten, von Europäern manchmal als gummiartige Pampe empfunden wird.
Ga: Volksstamm im Gebiet um die Hauptstadt Accra.
Hearts of Oak: in Accra beheimateter, ältester und renommiertester Fußballclub Ghanas.
Juju: In Westafrika verbreitete Bezeichnung für Fetische und Magie aller Art.
Kotoko: 1. Ashanti-Bezeichnung für Stachelschwein 2. Wappentier des Ashanti-Königs 3. Populärer Fußballclub in Kumasi.
Kumasi: Sitz des einflußreichen Ashanti-Königs, für viele die heimliche Hauptstadt Ghanas.
*Kwashiokor:*Gesundheitsstörung bei einseitig ernährten Säuglingen. Proteinmangel.
Makola-Market: größter und wichtigster Markt Accras.
Sunyani: Handelsmetropole nördlich von Kumasi.
Takoradi: Hafenstadt und Handelsmetropole im Westen Ghanas.
Tilapia: Süßwasserfisch in den Seen des afrikanischen Kontinents.
Tuozafi: Fufu-Variante aus dem Norden Ghanas.

Faceless

Amma Darko

Der verkaufte Traum

Nur wenige Wochen nach seiner Erstauslieferung mußte Amma Darkos Erstlingsroman «Der verkaufte Traum» bereits nachgedruckt werden. Dementsprechend die Medienresonanz:

«Wie eine Bombe platzt dieser Erstlingsroman... mitten hinein in die hitzigen Diskussionen um Ausländerhaß, Asylantenflut und Grundgesetzänderung.»
Usch Bayer im «Journal für die Frau»

«Darko führt die Leser tief in die Denkweise, Psyche und die Lebensrealität ihrer Protagonistin ein und nimmt sie für diese ein.»
Maja Langsdorff in «Psychologie Heute» 2/92

«Amma Darko... erzählt diese nicht-autobiografische Geschichte... emotional, aber nie melodramatisch, oft sogar mit befreiendem Witz und ungeheurer Ironie gegenüber ihrer naiven Protagonistin... Amma Darkos unter die Haut gehendes Romandebüt wird nicht nur Betroffenheit, sondern auch Anstoß erregen, weil es Tabus verletzt, weil es querliegt sowohl zu den blauäugigen Utopien vieler Afrikaner über das Wunderland Europa, aber auch zu den idealisierenden, problemverdrängenden Multi-Kulti-Klischees der weißen Afrika-Fangemeinde hierzulande.»
Klaus Farin im «Deutschlandfunk», 27.12.91

«Ganz unmerklich zieht einen diese Geschichte in ihren Bann. Plötzlich ist man mittendrin und liest und liest – und liest das ganze Buch auf einmal durch. In ein paar Stunden. Hintereinanderweg.»
Alexandra Schwerin von Krosigk in «Zeitpunkte», SFB 3, 11.2.1992

In fesselnden Worten, unvermittelt und unbarmherzig führt uns Amma Darko ein in die afrikanische Welt des Europas jenseits des Horizonts.
Morning Star, London, 24.7.95

Amma Darko erhebt kraftvoll die Stimme für viele afrikanische Frauen in Europa... Pride, London, 4/95

Gekonnt erzählt. Stil, Sprache, Intention haben mich gefesselt. Gefühle werden anschaulich vermittelt. Maras Leiden habe ich mit durchlebt, ihre Aufregungen genossen, ihre Hoffnungen mit Skepsis geteilt... Eine durchdachte, provozierende Erzählung, die das Herz zutiefst berührt.
Maria Nwobani in Nigerian News, 26.6.1995

Amma Darko: Der verkaufte Traum *2., durchgesehene Auflage*
180 Seiten, gebunden, 29.80 DM, ISBN 3-89657-140-0, Schmetterling Verlag